U0927261

如何读一首诗

How to Read Poetry Like a Professor

A Quippy and Sonorous Guide to Verse

〔美〕托马斯·福斯特 著
王爱燕 译

南海出版公司

新经典文化股份有限公司
www.readinglife.com
出　品

献给莉奥诺拉·H. 史密斯，

F. 理查德·托马斯和丹尼·伦德尔曼，

卓越的诗人，更是出众的朋友

目 录

Contents

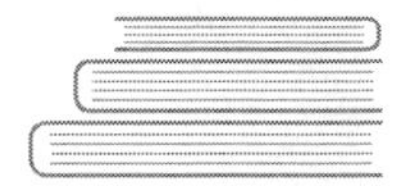

诗是什么？

What Is Poetry?

导言

一种（稍微）陌生的生命形式

人人都在谈论诗，可谁也不把它当回事儿，也可能只是随口说说。实际上，诗面临的一个问题便是，人们不谈论诗，或者谈得不够。部分是因为大家不知道该说点什么，也可能就是打怵。这些年来，说不清有多少学生对我说过，他们喜欢写诗，但不读诗。听起来有点片面，对吧？不读诗，怎么知道自己写出来的东西算诗呢？这说明我们许多人对诗还是有一种很强烈的冲动，包括一些不怎么喜欢诗的人。但这一点我们早就知道。说到诗，美国现代诗人玛丽安·摩尔[①]说："我，同样，也不喜欢它。"这正是她诗中的一句话，而这首诗的题目就叫《诗》。

但我认为，对大多数人而言，与其说是不喜欢诗，倒不如说是力不从心，就像与人比武，对手兵器更精良，武艺更高强。或者像多年来不止一个学生对我说过的那样："诗我是喜欢，就是读

① Marianne Moore（1887—1972），美国诗人、批评家、翻译家，因形式创新和令人惊异的视野而备受瞩目，她的诗集《观察》被视为现代主义诗歌的里程碑之一，堪与艾略特的《荒原》和庞德的《诗章》并论。——如无特别说明，本书脚注均为译者所加

不懂。”这样的处境算不上令人羡慕。其实后半句，我想更确切的说法类似于“就是懂得不够”。事实上，至少据我了解，读者们基本都懂得自己读的诗，能领会诗的要义，尤其是那些以他们熟悉的用语写就的诗。如果读的是莎士比亚的伊丽莎白时代英语，或杰弗里·乔叟的中古英语，对很多人来说，在接近诗歌的门径前，须跨越近乎难以逾越的障碍。但几乎任何人都可以阅读很多当代诗歌，像艾德丽安·里奇[①]、比利·柯林斯[②]或百十位作品通俗易懂的晚近作者，他们都会使我们感触良多。这样的诗人多得是，真的。

所以，我们需要的不是基础的识字本领（尽管会认字是极好的开端），而是一套对付诗歌的专业工具。说到底，谁愿意花时间阅读，却只能似懂非懂呢？就让我们来填满这工具箱吧。

学习读诗的故事，或者对我而言，学习教人如何读诗的故事，源于我教授的一门关于英译经典文学的课程，或者按我们大言不惭的说法，叫“希腊罗马文学”。结果大纲内容比那堂皇的课程题目少得多，集中在《伊利亚特》《埃涅阿斯纪》，以及索福克勒斯关于俄狄浦斯王和他那不正常的家族的三部“忒拜”戏剧。课程开始我们要讲的是最古老的作品，荷马关于阿喀琉斯的愤怒的伟大史诗。讲到这里，非文学专业的学生显出一种优势。很显然，英语系的教学工作卓有成效，教会学生在阅读诗歌的时候预设语言中含有各式各样的隐藏含义和微妙用法：文学专业的学生面对这样大部头的叙事

---

① Adrienne Rich（1929—2012），美国诗人、散文家和女权主义者，代表作为《潜水入沉船》。

② Billy Collins（1941— ），美国诗人，2001 年至 2003 年间连任两届美国桂冠诗人，重要作品有诗集《震惊巴黎的苹果》《关于天使的问题》和《溺水的艺术》。

诗时，简直要把自己逼疯，他们纠结于为什么荷马在某处把赫克托耳称为“盔明甲亮的赫克托耳”，在另一处又称他为“身材高大、杀人如麻的赫克托耳”，或者用其他程式形容，不止一个学生问过我这样的问题。我的答案让他们很不满意：因为在希腊原文中，这些词语放在诗行中刚好合适。情况是这样的：《伊利亚特》大约有两万一千行，其创作历时几个世纪，歌者们口口相传（“荷马”是为方便讨论这部伟大诗篇及其唯一现存的姊妹篇《奥德赛》而虚构出来的名字），直到成诗很久后才付诸文字。这部史诗是当着观众现场表演的一种口头吟诵。在所有口传叙事诗中——通常被称作口头-程式诗体——不只诗行长度，就连节奏形式都是绝对固定的。至于它们如何操作，留待我们后续讨论，但是目前，你只须明白，比如说，你的诗行中有一个六音节的缺口，其音律必须是“**当**-嗒-当，**当**-嗒-当”，第一个重音后面跟两个轻音，而“身材高大、杀人如麻的赫克托耳”（别忘了原文是希腊语）不符合这一要求，你就得选“盔明甲亮的赫克托耳”。这些描绘性的词组，我们称之为程式（*formulas*），歌者可能为每一个主要人物准备了六七个这样的程式。这些储备好的程式颇为有用，假如你唱到第 18699 行，忘了节奏，需要回到正轨，你只须抽出一条“耐心的、饱受磨难的奥德修斯”，这样一来，到这行末尾，你就能重新找回节奏。且不去管奥德修斯此时既不需要耐心，也不必饱受磨难，这得等到这首长诗的续篇，那时的他漂泊十年才回到故土。随意翻阅的读者不会为这类语境操心，但文学专业的学生在读这部史诗的时候，会费心竭力地去寻找诗人使用这些特定程式的隐秘动机。一知半解有时是件相当糟心的事。

自从二〇〇三年出版《如何阅读一本文学书》，总有种隐约的声音在我耳边持续回响——说什么呢？——严格说来算不上批评或抱怨，更像是恳求，类似于：“写得挺好，但主要讲的是长篇小说和短篇小说，可我不明白的（而且真正想了解的）恰恰是诗歌。”几年后针对专门文体的《如何阅读一本小说》出版时，我听到的此类声音尤其多：“哦，挺好的，但是诗歌呢？”这并不出乎我的意料。你完全可能在尽力避开诗歌的情况下，通过一个像样的英语教师资格培训项目。对那些不大懂诗的学生来说，避免栽在这一文体上是一种保险策略。可是当老师却不懂诗歌，便是一种失职。比如，假设这个培训项目要求修一门十九世纪美国文学课，也许你可以避开浪漫主义或现实主义文学研究——这两门都会涉及诗歌——转而选择十九世纪美国小说，或者某位重要作家的专题课，比如马克·吐温和亨利·詹姆斯。很多人就是这样建议学生的。只是这就意味着学生会错过爱默生和朗费罗，或者惠特曼和狄金森，这几位都是美国文坛大家。将这一状况推到逻辑（也许是不合逻辑）的极端，结果就是，学生唯一学过的重要诗人就是莎士比亚，而他的作品很难给人以轻松自在的读诗体验。当然还可能更糟，也许学的是弥尔顿或斯宾塞。至少莎士比亚在中学课程中还有很重的分量。于是，我们的大学经常把准备极不充分又满腔热情的教师派上战场，去迎战诗歌。而他们通常清楚自己准备不足，胆战心惊。

好啦，诗歌未必有这么难。

首先，诗歌可以很有意思。诗可以温柔、风趣、讽刺、香艳、可爱，或者拥有人类可能具有的任何特点。我读过一首诗，其中的说话者邂逅了一位妻子，她对天天泡酒吧的丈夫感到心灰意冷，于是将自己比作一杯啤酒。这是最性感的一杯啤酒了，让人如何不喜欢呢？此外，一旦克服了对诗歌的恐惧和心虚，放下抵触情绪，我们可以毫无障碍地读很多诗。再者，诗歌打开一扇通往人类经验的窗户。诗歌承担情感与心理重负，对于这一作用，许多伟大诗人都有话说，正如诗剧作家克里斯托弗·弗莱[①]所言："诗歌乃是人用以探索自身惊异感的语言。"这恰恰是我们想要感受的，对吧？爱，恨，嫉妒，狂喜，心灰意冷，似水柔情，生死之谜，皆在诗歌有限的篇幅内予以呈现。

我们将简单看看关于诗歌的各种定义和描述，但我想先提出一个有些偏颇的说法：**诗歌用语言将我们带往超越语言的地方**。可以说，那是一个灵魂与另一灵魂相遇的地方。但对于我们的讨论，这种说法有些玄奥。也许这正是读者紧张的原因，无论我们如何描述诗歌：灵魂的相遇也好，语言去往超越自身之处这种天然便自相矛盾的说法也好，在最好的情况下，它们听起来也是装腔作势。但这也正是诗歌如此动人的原因，它容许我们进入通常无法抵达的智力与心灵的空间。此外，些许的惊惧还会为我们的兴奋更添一丝刺激。

随着我们此番讨论的继续，我想请你记住大多数人直觉上意识得到，却无法言说的一点：**阅读诗歌需要的不只是大脑**。写诗是种全方位的接触活动，故而读诗也需我们全身心投入。这肯定是我们翻开一部诗集时心中忐忑的原因之一，意识到读诗对我们的要求不同于阅读其他作品。历史学家大卫·麦卡洛和谢默斯·希尼[②]都是各自领域中的巨匠，但是读麦卡洛写作的传记——比如《杜鲁门传》或《约翰·亚当斯传》——相较于读希尼的诗集《北方》或《田间

---

① Christopher Fry（1907—2005），英国诗人、剧作家，以诗剧著称，最著名的有《不该烧死她》。

② Seamus Heaney（1939—2013），爱尔兰诗人、作家、翻译家，1995 年诺贝尔文学奖得主。主要作品有诗集《自然主义者之死》《引向黑暗之门》《在外过冬》和《斯泰逊岛》等。

耕作》，对读者的要求是很不同的，无论这些作品在何等程度上受到历史的启发。我们设想，进入前者我们会学到知识；进入后者，我们知道（有时也害怕）自己会被改变。但这也没什么，改变是件好事。

危险与焦虑

如果上面说到的是诗歌的积极之处，那消极方面又是什么？因为你骨子里清楚，消极方面是存在的。读者阅读诗歌遇到的基本问题是不知道该怎么应对诗歌："它是如何运作的？规则是什么？我知道有抑扬格什么的，但不知道它是怎么回事。而且为什么非得那么怪异呢？"下面简单列几个我们在诗体文学中遇到的问题：

- 诗看起来与其他写作形式不同。
- 诗歌遵循其他写作形式没有的陌生规则，我们也不了解这些规则。
- 有许多我们在别处遇不到的怪异的术语和行话，有的还是外语："四音步""韵律分析""韵律结构""三连韵""抑扬格""扬抑格""诗节"。要这些做什么？
- 如何看待节奏？它是像歌曲、说唱还是什么？还有韵律呢？
- 有时候，诗句读起来不知所云。
- 为什么有时候词序混乱？

听人说起过这些问题吗？或者有人想到过，谈及过这些问题吗？没错，我也有同感。

你从中可以得到什么？

我想，你是希望自己面对一首从未读过的诗歌时，不会感到心里疙疙瘩瘩、手足无措的。相反，你希望自己能够胸有成竹，应付裕如。

• 我们要做到的第一点，是满足阅读的基本要求，读到一首诗便能够接收到诗中的大体意思。

• 你会学习如何解释那些英语课上让你眼皮沉重的技术要素（格律，措辞，押韵，诗行结构——长度，词序，规律性），并把它们看作读诗时找寻意义和乐趣的同盟。

• 我们要通过关注诗歌语言唤起的回声，来倾听它们的派生意义。

• 每种文体都有自己的章法，即一套规则和范式，文体借此实现其意义，发挥其魔力。我们要探索诗歌运行的法则，从而能更好地理解诗歌的构造——并理解其内容。

• 由于不理解诗歌，我们筑起一道高墙来抵御它。现在我们要合力推倒这堵墙，换言之，要完全信赖诗歌。

• 我们会读各种各样的诗。大多数是英语诗，因为诗歌在翻译中会丧失许多。有些诗很古老，但依然伟大。再者，要是有人能用说唱形式演唱乔叟《坎特伯雷故事集》的开篇（已经有人这样做了），那我们也能够接触更古老的诗歌材料。谈论英语诗歌，实在很难略过那些名家名篇：莎士比亚的《哈姆雷特》和一两首十四行诗，塞缪尔·泰勒·柯勒律治的《忽必烈汗》和《古舟子咏》，沃尔特·惠特曼的《草叶集》，坡的《乌鸦》。但我们也想看一些用更现代的语言写的作品：从埃德娜·圣文森特·米莱[1]，到E. E.卡明斯[2]，到比利·柯林斯，再到谢默斯·希尼；也许还会有一两个你以为只是词曲作者的诗人。

我们要做上述的功课，并从中得到乐趣。说得严肃点（而且从此刻起，我不打算经常严肃），假如我们不能享受与诗歌尽情交游的乐趣，那读诗又有什么意思呢？再说了，读诗其实算不上做功课，只是一种可爱的游戏而已，有时还会合辙押韵呢。

咱们开始吧。

---

① Edna St. Vincent Millay（1892—1950），美国抒情诗人兼剧作家，她的《竖琴织工及其他诗篇》获 1923 年普利策诗歌奖。

② E. E. Cummings（1894—1962），美国现代派诗人，对诗歌的形式和技巧进行了大量实验性探索和尝试。

第一章

有意义的声音

读诗新手——有时候也有不算新手的人——常遇到一个问题，即自以为不知道如何读诗。诗是用你懂的语言写的，对吧？我不知道怎么读法语诗，那是因为我的法语因荒疏而退步，法语写的任何东西我都读不懂。可读英语我通常还是得心应手的，你也一样。你可以这样理解：你几乎一辈子都在读母语，听和说的时间更久。诗歌是一种书面交流行为。和几乎所有此类行为相似，诗是用句子写成的。这一点无论怎么强调都不为过：几乎所有的诗都是以句子写成。分行——可能分，也可能不分。句子，几乎确定无疑。句子是母语中的基本意义单位。所以有一个方针可循：阅读句子。

说得没错，可那些句子不一样。就是更……怎么说呢，更诗化。

我想你的意思是，它们可能更凝练，或者有时词序颠倒，这会让我们乱了套。某些诗中的语流会让人感觉不同，尤其是较古老的诗。是不是这个意思呢？

没错，差不多就这意思。

好吧，你刚刚指出了英语诗歌具有挑战性的一点：从句子内词语可被安排的次序来看，这种语言是相当灵活的（the language is fairly flexible in terms of the order in which words can be placed in a sentence）。它和拉丁语不同，拉丁语的所有动词都在句尾出现。可要想使句子讲得通，语序也不能超越特定的界限。例如，看看本段第一句话吧。假如我把冒号后面的句子重新编排，我也不能把它说成：这种语言是相当灵活的，可被安排从句子内词语次序来看（the language is fairly flexible *can be placed* in terms of the order in which words in a sentence）。这样编排不仅使句子毫无意义，而且某种程度上还是反意义的。动词短语“可被安排”摧毁了“相当灵活”，更糟的是，这个短语好像（错误地）引向“从……次序来看”，而这导致的只有混乱。不只如此，少了动词短语，“句子内词语”则承诺了一种根本不会到来的意义。是的，那三个使用斜体的词只有一个可能的位置，就是放在两个介词短语之间：“句子内词语可被安排的”。这个句子是出现在散文中还是诗歌中，无关紧要：语序必须如此。故而在一首诗中，词语的排布可能微调，但必须在限度之内。所以说，基本的观念依然不变：从大写字母开始，读到第一个句号，观察所有的限速牌和路标。

这条律令包含三条规则：

规则一：阅读词语。这一条看起来很简单，但也可能很棘手，我们以后会明白。

规则二：阅读所有词语。保证遵循此条规则的唯一办法，是以一种不会漏掉词语，或者不会用不存在的词语代替原有词语的方式来读。而对于读诗新手，甚至对于大多数有经验的读者而言，这意味着要朗读。这点我们还会讲到。

规则三：读句子。我不否认，这么做有点难，因为诗歌每行开头都是大写。或者像W. S.默温[1]这样的当代诗人，将大写字母和标点符号（包括句号）统统摒弃，转而依赖诗行的长度和节奏，把它们作为意义单元。默温虽说是卓越的诗人，可也属于少有的另类，所以我们姑且置之不论，只须知道有他就行了。而在其他情况下，唯一一个真正的解决办法是，留心哪个大写字母重要，也就是句号后面那个，而且尽量别理会那些只用以表示一行开头，而并无其他意义的大写。

那么，提出诗行问题后，不管开头大写与否，我得给你一条极为恼人的建议：假装诗是不分行的。是的，我知道，这就像去看篮球赛却忽视篮筐一样别扭。分行是诗最具辨识度的特点。但是对于意义，它鲜有帮助，甚至有时阻碍意义的传达。默温又是少有的例外之一。咱们把这一条算作**规则四：初次读的时候，不要理会分行**。这有点难度。阅读词语，但是不要理会包含词语和组织词语的诗行。不成问题，是吧？

但是学会这一点是必要的，因为分行是意义的敌人。当你的视线扫过一行与下一行之间的空隙，它会使你的眼睛在诗行末尾停顿——至少是片刻。它们的存在如此引人注目，仿佛本身就有什么意义，偶尔也确实如此。有时候诗行以某种标点符号结尾，那意味着你要做或长或短的停顿，这就是我早些时候提到的限速牌和路标，这一点又引出**规则五：遵循所有标点，包括它们的缺席**。

这好像不那么难。从刚学会阅读开始我就一直这样做。

我知道你一直这样做，那么告诉我，为什么学生一读诗，就会有那么多问题呢？我曾听到学生每读到一行结尾便停顿，却不顾一

① W. S. Merwin（1927—2019），美国桂冠诗人，曾两次获得普利策奖，重要作品有诗集《两面神的面具》《扛梯子的人》《移动的靶子》《天狼星的阴影》等。

行中间出现的句号，轰然驶过，完全无视每个逗号，而且基本上尽可能地不关心或不理会词与词之间的符号和空白。从概念上讲，这事无须动脑，但是那些可恶的分行很碍事。所以需要用新的办法让你遵循出现在你眼前的路标。看到逗号就停顿，看到冒号、分号和破折号停顿更长些。看到问号、感叹号，当然还有句号，就刹住。完全按照在别的任何地方遇到标点符号的标准对待每一个标点，无论它是出现在一行中间，还是出现在一行、三行、七行、十行或者二十二行之后（我们还是盼着千万别出现这样的情况吧）。然而，真正的大问题不在于标点符号的出现，而是它们的缺失。对待结尾没有标点的诗行（叫作跨行连续），就要像对待任何词与词之间没有标点的空格一样：径直读下去。可是分行就会有问题。当然，一行散文结尾的空，你从来不会考虑它们有什么别的深意。但分行不是散文的结构因素，却是诗歌的结构因素，而畅行无阻地跨行读过，需要经过练习。

以上这一切会引向你很可能不想听到的一条——**规则六：朗读诗歌**。这可能是所有规则中最重要的一条。为什么？因为如果你和我们大多数人一样，那么你听过的诗歌朗诵绝不够多。或者，即便听过，也很可能是读得很糟糕的。除非你听的是一位执业诗人的朗读，也就是说，作诗的人自己的朗读。也就是说，你得通过学习出声地读诗来学习听诗。诗人罗伯特·平斯基[①]在《诗歌的声音》（*The Sound of Poetry*）中说，诗歌是“发声的，也即身体的，艺术”。也就是说，根据他的解释，诗歌应该是要说出来、被听到的，这就要涉及呼吸、声带、横膈膜和鼓膜，以及人体其他细小的部位。通过

① Robert Pinsky（1940— ），美国诗人、散文作家、文学批评家和翻译家，1997 年至 2000 年连任三届桂冠诗人。

读和听，我们学习感受诗歌。当然了，这里有鼓膜的震动，传导给耳中的听小骨，再通过神经、突触传递给大脑，继而引起胸部和内脏的紧缩，胃里起起落落的感觉，胳膊和后颈上汗毛立起，还有如同艾米丽·狄金森所说的天灵盖被揭掉的感觉。面对诗歌时，我们不光产生情感和智性的反应，还有身体的反应。

狄金森说的可能是极端的例子。不是每一首诗都会让人产生那种头脑爆裂的效果。真要那样，我们就只好完全放弃诗歌了。但是每首读过或听过的诗都会留下些印象，即便那印象只是声音。因为声音，正如平斯基先生强调的，不只是听觉的，还是沁人肺腑的。

还有最后一条规则：**重读**。我做写作研究的朋友有句格言："书写即重写。"我敢肯定他们中有一两位甚至把这句话当作冥想真言。文学研究亦是如此，尤其是诗歌研究。**阅读即重读**。在重读之前，你是没法把握一首诗的含义的。假如要读的是《失乐园》(*Paradise Lost*)或《草叶集》(*Leaves of Grass*)，重读的确很成问题。但我敢说，这两首篇幅如此之长的诗，并不是诗歌读者常遭遇的作品。短些就会容易些：说到重读，最理想的莫过于十四行诗，颂诗（ode）稍难些，以此类推。重点是，第一次读的时候，只从头摸索到尾就很耗神（要是天灵盖被轰掉，还要把它盖回去），故而重读是必不可少的。要达到最佳效果，我建议读完一遍后，休息几分钟再读。不要隔得太久，以免把刚刚发现的新领域忘却，只是稍稍沉淀一下。去泡杯茶，或者做个三明治。把狗放到门外。把狗放进来。重读。这时候你才会开始把这首诗化为己有。

我们现在谈论的一切都关乎"有意义的声音"，这是我从罗伯特·弗罗斯特那里偷来的一个术语。他的意思是，一首诗应该，而且常常确实具有某种声音，一种节奏与其他听觉元素的组合，传达出诗所表达的内容的感觉。他进一步阐释道，如果表达得当，就是隔着一道紧闭的门你也能分辨出对话的大意——而且别忘了，他写作时代的门比当代大多数的门更结实，更隔音。为说明这一点，他举出下面这段对话为例：

你想告诉我你不会读？
我可没说过这话。

那好，读啊。
你又不是我的老师。

我们大体能理解弗罗斯特的意思，因为他选择的例子如此恰当。我们可以“听出”上面每个句子的语调，问句中的难以置信，后面“我可没说过这话”中的防御，命令他读的那句话中的挑战，又引出后面进一步的防御。而且，假如我们偷听这段对话，即便听不清词语，也能猜得出这是场怎样的对话。如果我们需要进一步的证据，只须读一读他诗歌中的任何一段对话，其中的“有意义的声音”原则展现得淋漓尽致。

值得注意的是，关于有意义的声音这一概念，并非是绝对的。弗罗斯特指出，很多散文（试想一下政府公文以及其他死气沉沉的写作）有含义，却没有有意义的声音。同样可能的是，像刘易斯·卡罗尔[①]在《爱丽丝》的故事中证明的那样，有意义的声音也会

①Lewis Carroll（1832—1898），本名查尔斯·路特维奇·道奇森（Charles Lutwidge Dodgson），英国数学家、逻辑学家、童话作家，代表作有《爱丽丝漫游奇境记》和《走到镜子里》（又译作《爱丽丝镜中奇遇记》《爱丽丝漫游镜中世界》）。

制造出绝对的胡言乱语，而且在他的例子中，也是绝对令人捧腹的胡言乱语。但是此刻，我们还是回到主要论题吧。

进入实践：诗的声音

我们来测试一下这种观点。下面这段是一首貌似简单的诗的开头，作者是美国最伟大的诗人之一：

Because I could not stop for Death –
He kindly stopped for me –
The Carriage held but just Ourselves –
And Immortality.

因为我不能停步等候死神——
他殷勤停车接我——
车厢里只有我们俩——
还有“永生”同座。

（江枫译）

很美妙，也许有点让人脊背发冷。这是艾米丽·狄金森[①]的作品，她不给诗取题目，所以我们用第一行当题目。这第一行说的什么？“因为我不能停步等候死神——”仿佛某人很忙。或者曾经很忙。“死神”来请你兜风时，你的繁忙度就降级了。他停车的行为是“殷勤”的（他真好脾气，对吧？），而且“他”始终表现得彬彬有

① Emily Dickinson（1830—1886），美国女诗人，生前籍籍无名，如今被公认为与惠特曼齐名的伟大诗人。

礼。那最后一行刹车有点突兀，如同她大多数诗节的结尾那样，因为“永生”虽说不是马车上的真实乘客，在这种场合却是免不了的。

下面这节扩展了第一节的陈述：

We slowly drove – He knew no haste
And I had put away
My labor and my leisure too,
For His Civility –

我们缓缓前行，他知道无需急促——
我也抛开劳作
和闲暇，以回报
他的礼貌——

如果我们将这一节看作陈述，“我们缓缓前行”，还有解释——死神要去哪里总是不慌不忙的，他的关注意味着我也不再像原先那样匆匆忙忙——然后在词语的流动和韵律的跳跃中，我们可以听出第二节在对第一节加以阐明。在此我们应该稍作停顿，留意狄金森特殊的标点符号稍微拖长了我们的任务。相对于冒号、分号和句号，她更喜欢破折号。这首诗最后甚至以破折号作结，而非惯常的句号。这就使我主张的从大写字母读到句号的做法实现更添了点难度，尤其是她还天女散花般的到处都洒满了首字母大写的名词。即便如此，我们也多半能分辨出一句话何时结尾，哪怕只是近似结尾。

关于诗歌的措辞，下面的角度稍有不同。这一段是《忽必烈汗》（“Kubla Khan”）的开头，作者是塞缪尔·泰勒·柯勒律治[①]，据他说，该诗描述了“梦中的幻象”：

In Xanadu did Kubla Khan
A stately pleasure dome decree:
Where Alph, the sacred river, ran
Through caverns measureless to man
  Down to a sunless sea.

在上都，忽必烈汗曾下诏
建一座堂皇的逍遥宫：
圣河阿尔弗从那里借道
流经一个个深不可测的山洞
  注入不见阳光的海中。

（覃学岚译）

朗读一下，听听它的音调。你能听到开篇那种壮丽宏伟的感觉吗？实际上，你听到了什么？当然，是陌生。如果你和我第一次读这首诗时一样，那么你是不知道上都和阿尔弗到底是什么的，虽然可能听说过忽必烈汗（或者至少听说过另一位可汗，成吉思汗）。如果我们可以将狄金森的诗定性为叙事体或对话体，这首就是魔咒体。就看开篇第一行吧，异国风情的元素和声音的重复（“-du did Ku-”，

① Samuel Taylor Coleridge（1772—1834），英国浪漫派诗人和文学评论家。

在上都，忽，还有三个 *n* 音，两个 *k* 音），怎么看都像是在念魔咒。实际就是如此，这点不要搞错。诗的第二行强调那种魔法的特质，"A stately pleasure dome decree"（建一所堂皇的逍遥宫）。一位可汗当然可能有权下诏建一座宫殿，但是真正有魔力的是这一行中的声音，"pleasure"（逍遥）拾起"stately"（堂皇）中的 *l* 音，而且最后的两个单词（"dome decree"）押头韵（alliteration，而且拾起了第一行中的几个 *d* 音），但是之后就调转方向避开彼此，也避开"*s*tately plea*s*ure"中重复的 *s*。那种"齿擦音"（就是指有 s 音的情况）在最后的两行中向我们猛扑过来："cavern*s* mea*s*urele*ss*"（深不可测的山洞），"*s*unle*ss* *s*ea"（不见阳光的海中）。实际上，算上"Xanadu"（上都）中的 *z* 音，每一行中至少有一个齿擦音（嘶嘶音）。于是我们就读到相对少的音大量重复，*s* 和 *z*，*d* 和它的表兄弟 *t*，*m* 和 *n*，*l*，*k*，还有"Xanadu"和"man"中的短 *a* 音。说到诗中声音的作用，还有一点很重要，那就是声音出现的位置。除了第一行中的"did"，几乎每个关键音都落在重音音节上："Ĭn Xánădú dĭd Kúblă Khán"（在上都，忽必烈汗曾下诏），诸如此类。虽说这些重音并没有告诉我们这首诗的意思，甚至没告诉我们如何对待这一声景（soundscape，或译作音景，声音图景），却传达出某种感觉。等诗读到后面，我们发现说话者描述的是他做的一场梦，看得出，当对梦境的追述被打断，线索一去不复返时，他的语言也落入尘寰，变得更接地气。我们可以回头看看开篇，会说："当然会是那样的声音——这是梦境魔法的语言。"

搞清楚了吗？在处理重、轻音模式，即韵律分析（*scansion*，指一行中重音落在何处）时，在研究韵律结构（*prosody*，涉及韵律与形式等技巧问题的更广泛的研究）时，重读音节在音节上面用重音符来标出（“ác-cent”），而非重读音节用叫作弱短音符（*breve*）的小小的 *u* 标出（“ac-cěnt”，同时用就是“ác-cěnt”或“Xán-ă-dú”）。这只是一种标法。我试过将所有重读音节**都用大写**，但那感觉太像是在大喊大叫了。而且很**难** – 看。

诗歌也可以是漫谈式的，而非叙事的或形象的。罗伯特·弗罗斯特频繁使用这一策略，效果最好的无过于《白桦树》（“Birches”，1916）：

When I see birches bend to left and right
Across the lines of straighter darker trees,
I like to think some boy's been swinging them.
But swinging doesn't bend them down
As ice storms do.

挺直、黑黑的树排列成行，只见
白桦树却弯下身子，向左，也向右，
我总以为有个孩子把白桦“荡”弯了
可是“荡”一下不会叫它们一躬到底
再也起不来。这可是冰干的事。

（方平译）

再一次，要体会这首诗的效果，朗读很重要。实际上，要以不同方式多读几遍。或说尽量试着读读。就像试着读《忽必烈汗》那样，放开喉咙，慷慨激昂地读。也就是说，尝试吟诵。你知道会发现什么吗？那样行不通。这首诗唯一的朗读方式，就是弗罗斯特希望你读的方式，就像一个人在和另一个人讨论事情。确实，这首诗呈现出强烈的个人色彩，这源自诗的内容，也源于词语将我们引向这种对话风格的方式。你要是怀疑，可以做个试验：把这一节按句子写出来，不分行，不过多使用大写字母。你会发现你很难把它称作诗。可是——弗罗斯特的大半才华都在于此——这些诗行是完全符合格律的："Whĕn Í sĕe bírch-ĕs bénd tŏ léft ănd ríght ă-króss thĕ línes ŏf stráight-ĕr dárk-ĕr trées, Ĭ líke tŏ thínk sŏme bóy's bĕen swíng-ĭng thém."拜托，千万别按这种方式读。但是说这是英语诗歌中的传统格律诗，抑扬格五音步（*iambic pentameter*），还是符合事实的。这种格律是指每一行（不包括那些诗人变换格式的诗行）包含五个韵步（即这一名称中的"五音步"），每个韵步包含两个音节，一个非重读音节后面跟一个重读音节——嗒 - **当**。还有很多其他韵律格式，我们以后会讲到，但说到弗罗斯特，有一点我们可以确定：他总是会运用这些格式中的一种的。毕竟他说过，他是不会写自由体诗（指没有规则格律的诗）的，那就像"不拉起网子就打网球"一样。

这一章叫作"有意义的声音"，迄今为止，我们谈的一直是意义如何在诗歌中出现。但有时候，有意义的声音可以被用来制造纯粹的胡言乱语：

'Twas brillig, and the slithy toves
Did gyre and gimble in the wabe:
All mimsy were the borogoves,

And the mome raths outgrabe.

"Beware the Jabberwock, my son!
The jaws that bite, the claws that catch!
Beware the Jubjub bird, and shun
The frumious Bandersnatch!"

有（一）天烋里，那些活济济的貐子
在卫边儿尽着那么跌那么霓；
好难四儿啊，那些鹁䴗鸲子，
还有家的猪子怄得格儿。

"小心那炸脖鼍，我的孩子！
那咬人的牙，那抓人的爪子！
小心那诛布诛布鸟，还躲开
那符命的般得颪子！"

（赵元任译）

你可能认出了这是刘易斯·卡罗尔写的《炸脖鼍》（"Jabberwocky"）的开头，那是爱丽丝在《走到镜子里》（*Through the Looking-Glass, and What Alice Found There*，1871）中发现的一首诗。与她相比，你的任务很轻松。爱丽丝在镜内的颠倒乾坤中发现这首诗，猜出应该把它对着镜子，从左向右读。不那么容易，对吧？所以你就知足吧。

这里的关键问题在于，诗中的实词（主要是名词和某些动词）

几乎没有一个是在英语中有意义的。这就是为什么后来昏弟敦弟[①]得给我们解读这首诗。比如说，“活济济的”（“slithy”），就是“活泼”（“lithe”）和“滑济济的”（“slimy”）的组合，而且他说：“像一个旅行箱（portmanteau）似的，两面儿的意思都包到一个词儿里去了。”实际上混成词（portmanteau word）的概念就是从这里来的——或者说，像双关语一样，它对于研究詹姆斯·乔伊斯的学者来说是不可或缺的。有些词，像“嘎隆儿”（“galumphing”）和“啜个得儿”（“chortle”）这样的新造词（新近创造的词），你也许认识，但回到一八七一年你是不会认识的。总之，这是一场古怪的阅读体验，以前是，现在依然是。但是……假如我们不将注意力集中在实词，而是在虚词——冠词、连词之类——上，这段便是以耳熟能详的诗歌形式写成的结构完美的英语。四行诗节的前三行是抑扬格四音步（每行八个音节，重音落在第二、四、六、八音节上），第四行是偶尔不规则的抑扬格三音步（六个音节，重音在第二、四、六音节上）。里面并没有过于怪异的东西。我们可能不知道炸脖鬣是啥东西，但是我们却可以毫不费力地理解“小心那炸脖鬣，我的孩子！”。实际上，如此熟悉的诗歌形式和语言结构反而使这个怪异的词愈发怪异。这套公式被那些“胡诌诗”（*nonsense verse*，没错，这东西的确存在）作者们——从卡罗尔、爱德华·李尔[②]到约翰·列侬、苏斯博士[③]——用得得心应手。因为即便是胡诌

① Humpty Dumpty，也译作汉普蒂·邓普蒂，是刘易斯·卡罗尔《走到镜子里》中像鸡蛋一样圆滚滚的矮胖子。

② Edward Lear（1812—1888），英国打油诗人、漫画家、风景画家，最为知名的诗集是《无意思之书》（又译作《胡诌诗集》《谐趣诗集》）。

③ Dr. Seuss，本名为西奥多·苏斯·盖泽尔（Theodor Seuss Geisel，1904—1991），美国杰出儿童文学作家、教育家、政治漫画家和动画师。

也有自己的意思。

大多数胡诌诗的一个特点是，与“严肃诗”相比，它们——至少从最初构建的模式来看——看起来更规范。我们之所以能够阅读胡诌，正是因其规范。知道词语会出现在何处，很可能是什么词性，使我们有了预测那些并无意义的词语含义的可能。看看爱德华·李尔的《猫头鹰与猫咪》（“The Owl and the Pussy-cat”，也写于一八七一年，那是瞎胡闹的好年头）中的这个对句吧：“They dined on mince, and slices of quince, / Which they ate with a runcible spoon.”（他们吃榅桲，切成块，切成片／拿着有阔尖头的叉子。）大家都知道有阔尖头的叉子是啥东西，对吧？不知道吗？李尔也不知道。“runcible”是个生造词。他甚至都没打算用它表达什么特定的意思。它看起来像个词，实际上是像个形容词（很好猜，放在名词前面嘛），而且填进去可以构成两个抑抑扬格音步：“wĭth ă rún-cĭ-blĕ spóon”。要推销一个冒牌词，就要使它融入它所占据的位置，仿佛它一直都属于那里似的。换言之，瞧瞧爱德华·李尔怎么做就行。

无论诗人寻求的是意义还是胡诌，我们只须记住这一点：声音就其本身而言，是一种构建意义的结构单位。而有时纯粹就是图开心。

第二章

意义之外的声音

句子制造声音。这算什么说法！但是诗中确实充满声音，而且并非所有声音都是有意义的。事实证明，一首诗的声音除了创造意义，还有别的用处。或者说，不是所有声音都是为了表达意义而存在的。寄寓于诗中的声音可以成为诗人们的标志性要素。比如谢默斯·希尼酷爱的“plash”（泼溅）这个词，我想你们是很少有机会用到的。或者“plosive”（爆破音），也是他的偏爱。希尼也以喜爱重辅音（strong consonants）而闻名，尤其是从我们日耳曼语系祖先那里传下来的坚硬的 g 音和 k 音，以至于评论家菲利普·霍布斯鲍姆教授（Philip Hobsbaum）说他的一部诗集中充满了“希尼腔调的泼啦声与汩汩声”。他是独一无二的，但为声音而声音的诗人远不止他一个。

要想把声音这个问题说清楚，我们需要分而论之。假如探讨的是音乐，我们可以很容易地把旋律与歌词分开。但是当音乐性与意义出自同一源头时，问题就变得更棘手。词语包含旋律、和声、复调。故而我们需要拨开词语，去找寻它们的声音构成。比如，假如我们把“plash”这个词拆开，就会得到三部分：*pl*，一个和“hat”

中的 *a* 发音一样的短 *a*，还有 *sh*，即两个复辅音和一个元音。

在此我们需要解决几个概念问题。辅音成对出现，一个发声，一个不发声。比如 *p* 和 *b*，发音时都是双唇紧闭，憋住气，然后突然分开，气流冲出口腔。因为发 *b* 的时候你要加上一点声音，就取了一个奇怪的名字：浊辅音（*voiced*）。与此相反，*p* 是清辅音（voiceless），这就意味着，发 *p* 的时候，是不能发出声来的，因为一出声就变成 *b* 了。试试看。先按正常发音读一下“佩”（pay）和“背”（bay），然后再试着读“佩”（pay）的时候，把 *p* 发出声音来。看出结果了吧？读“佩”（pay）的时候，你只能在 *p* 之后出声，如果 *p* 发出声，说出来的就是“背”（bay）了。这种现象的结果就是——到这时你应该觉察出来了吧——相比以 *b* 开头的词，以 *p* 开头的词，怎么说呢，总是听起来更具有爆发性。

顺便提一下，辅音分为爆破音（*plosives*）、摩擦音（*fricatives*）、流音（*liquids*），还有喉头音（*glottal*）和双唇音（*bilabial*），更别说龈颚音（*alveopalatal*）和齿间音（*interdental*）也会挤进来。我们会尽量躲着这些词儿。语言学家说起行话来，多半时候听起来像在说某种色情隐语。这样可不行，你说呢？

爆破音 *p* 之后紧接着加上流音（指 *l* 和 *r* 音在口腔内发音的方式）*l*，然后在中间加上短元音 *a*，最后是齿擦音 *sh*，最后得到的就是一个发音便能表意的词，开头是在跳板上重重的一弹，结尾是分开水面扎入水中。谁会不喜欢？泼啦（plash）一声，果然如此。

听蒙了吧？不好意思。我们所说的是，可以把词语分解成声音，而在这一层面上，正如物理进入了量子领域，事情变得有些奇怪了。但是一旦弄明白字母及其可能产生的声音，你就会发现各种乐趣。诗人们总是把近似音连缀成串。假如这些相似的声音出现在词首，正如在“近似音连缀成串”（“string similar sounds”）中这样，我们就称之为*头韵*（*alliteration*）。假如它们散布于一段之中，未必一个紧挨着一个，甚至不出现在词语中的同一位置，我们就称之为*辅韵*（*consonance*，顾名思义，如果它们是辅音的话），或者叫*半谐韵*（*assonance*，如果用的是元音，这点顾名就思不到义了，但也只得如此）。假如它们碰巧出现在足够多的一组词的末尾，我们就称之为*尾韵*（*rhyme*），这点你肯定知道。尾韵需要群聚效应：只是在一组词尾出现 *s* 构不成押韵，甚至“-ers”也不能算，而是只有像在“fathers”和“mothers”中以“-thers”结尾，这样的才算，即便这些词的开头音不同。

我们花几分钟时间把这些抽象概念具体讲讲：

- **头韵**—— 一连串连续（或者几乎连续）的词都以相同的音开头，比如莎士比亚十四行诗第 30 首，开头一句是：“When to the sessions of sweet silent thought”（我有时醉心于沉思默想）。无所谓你此时能否读懂这句诗，“sessions of sweet silent”词首重复的 *s* 音，一开始就展现出一幅声景为全诗定音。这一齿擦音被“sessions”中的第二个 *s* 音强化，而且我还一直怀疑“thought”中的 *th* 也有此效果。这可称得上是一组强有力的柔声调色板，只是根据我们的术语，只有词首音才算数。
- **辅韵**——靠在一起的一系列词，运用相同或相近的声音。我们更熟悉的头韵是辅韵的一种特例，头韵的重复音出现在词首。但更常见的情况是，重复的辅音在词语中的任何位置出现。艾米丽·狄金森的《夏日刚刚走掉》（“'Twas later when the summer went”）的最后两行中押了 *t* 音和 *th* 音的辅韵：“Yet *tha*t pa*th*etic

pendulum / Keeps esoteric time”（那哀婉的钟摆 / 默数着神秘的时辰）。短短两行中出现了五个 *t* 音，加上用了两个 *th*，还有一个 *d*，它作为清辅音 *t* 的浊辅音伙伴，扮演了 *t* 和 *th* 之间的某种桥梁。再算上“pathetic / Keeps esoteric”中三次用的硬音 *c*/*k*——实际上这里每个单词都增添了这几行的声景效果。注意，与头韵不同，这些声音出现在词语的不同位置。这首诗仅有八行，全诗经常被当作使用 *m* 和 *n* 音押辅韵的例证，末尾两行在保持那一模式的同时，又构建起它们本身的韵式。

• **半谐韵**（也译作类韵、元韵等）——相同的元音用于一系列相邻词语中。再以狄金森的那首诗为例，我们可以注意到短 *e* 音出现在“Y*e*t”“path*e*tic”“p*e*ndulum”和“*e*soteric”中。最后一个例子中 *e* 音是否属于谐元韵还有待商榷，因其后跟了个 *r*，但我认为可以算上。

这一切对于诗歌读者来说意味着什么呢？主要意味着我们的很多时间不是花在追寻词语模式上，而是用于追踪字母以及相关发音的模式。不过有时候我们也不必如此，因为某些韵式劈头盖脸而来。杰拉德·曼利·霍普金斯[①]是用英语创作的最为怪异的诗人之一，他的一首题为《风鹰》（“The Windhover[②]”）的诗中有这么一句，真正让人叹为观止：“shéer plód makes plough down sillion shine”（长久的劳作会使翻地的犁铧闪光[③]）。不懂什么意思？别人也不懂，我

① Gerard Manley Hopkins（1844—1889），英国诗人，耶稣会神父，去世后他的诗作才被整理出版。

② Windhover，茶隼，欧洲的一种体形较小的鹰，因爱迎风翱翔，故又称风鹰。

③ 曹明伦译。

甚至怀疑霍普金斯自己也未必明白。首先，你得知道“sillion”是“furrow”（犁沟）的古语，可没有一个学生知道，从来没有。然后他又省掉“plodding”的词尾，让人糊涂，还少了“plough”和“sillion”之前可能该有的冠词“the”，每种做法都是不错的招数。假如我们把这些都补上，意思就类似于“长久在犁沟中翻耕使犁头闪光”（别忘了，那时候拖拉机还没有发明出来，耕作的常态是赶着马或骡子用犁铧耕地）。可是谁在意这些呢？这一行诗需要高声朗读。为什么？因为霍普金斯把同类音重叠使用。*s* 和 *sh* 出现了四次：“*sh*éer plód make*s* plough down *s*illion *sh*ine”。*p* 用了两次，*r* 和 *l* 音加起来用了四次。此外还有元音。“plod”中的 *o* 转化为“plough”与“down”中的 *ou*，然后又变为“sill*io*n”中的短音 *yo*。“sheer”中的长 *e* 与“s*i*llion”中的短 *i* 相应和，虽说只是轻微地，然后又拉长为“sh*i*ne”。由于这是首十四行诗，所以还另有同样稀奇古怪的十三行，正因如此，他是我最偏爱的诗人之一。而且，正如你所料，他也深受我们那位水花四溅的朋友——年轻时期的希尼——的喜爱。

我认为，诗歌基本的张力正在于此：意义存在于词语中，旋律依附于声音上。诀窍便是将二者统一。对声音不够用心，就会写成散文，而且未必是有趣的散文。太不注重词语，造出来的可能就是胡言乱语。也许是有趣的胡言乱语，可胡诌终归还是胡诌。你会问，词语不都是由声音构成吗？因此声音只存在于词语中吧？没错，但那并不意味着它们放在一起就必定协调。我们接着讲。

还记得“plash”吗？这把我们引向词语作为声音的另一种因素：拟声，也就是词语的发音与它所描述的东西声音一致。有时候它们是单个的词语，有时候是整段，甚至整首诗，正如埃德加·爱伦·坡[1]的《钟声》（“The Bells”）：

Hear the sledges with the bells—
Silver bells!
What a world of merriment their melody foretells!
How they tinkle, tinkle, tinkle,
In the icy air of night!
While the stars that oversprinkle
All the heavens, seem to twinkle
With a crystalline delight;
Keeping time, time, time,
In a sort of Runic rhyme,
To the tintinnabulation that so musically wells
From the bells, bells, bells, bells,
Bells, bells, bells—
From the jingling and the tinkling of the bells.

（1849）

你听那雪橇的银铃——
那银色的小钟！
它们悦耳的铃声预言了一个多么快活的世界！
它们是如何丁丁锳锳
在夜冰凉的空气中！

① Edgar Allan Poe（1809—1849），美国浪漫主义诗人、小说家和文学评论家。

点缀于天幕的颗颗星星
仿佛都快活地眨动眼睛，
　眨动水晶般的眼睛；
铃儿丁丁锳锳地合着拍子，
合着一种北方神秘的旋律，
合着那悠扬快活的丁丁锳锳，
铃声流出那小钟般的银铃，
　丁锳，丁锳，丁锳——
铃声流出那丁丁锳锳，锳锳丁丁的银铃。

（曹明伦译）

这第一段就足以阐明我们的用意了。天呐，你有没有觉得坡是想让我们听到钟声？不只是“铃”（bells）这个词一次一次又一次地重复，没完没了，还有“丁丁”（jingling）、“锳锳”（tinkling）贯穿全段，加上从“雪橇”（sledges）到“银色”（silver）到“水晶般的”（crystalline）到“音乐般的”（musically）中那么多的 *l* 音，更别说好几个与“铃”押韵的词了。中间出现了打击乐般的“丁丁锳锳”（tintinnabulation），如同一连串响板敲击。诗到后面，钟声的音色不那么明亮了，正如在最后乐章我们听到丧钟在“哀鸣”。但在这一段，一切都还是云淡风轻。这首诗足为典范，根据各人的观点，它要么被当作拟声运用的绝佳范例，要么被当作警示材料，提醒人们声音运用不可过火。无论如何看待其结果，我们必须承认，鲜有哪首诗在追求声音描摹上做得如此彻底。

再看另一首写钟声的诗，也许不像上一首那样夸张。在E. E.卡明斯的《或人住在一个很那个的镇上》（“anyone lived in a pretty how town"）中——是的，没写错——有这样一行："(with up so floating many bells down)"（有这么升起许多的钟啊下降[①]）。出现了两次。我们会在其他地方探讨这一断裂词序（the Fractured Word Order）的案例。但此刻我只要你听听这一行是如何描述钟声的。首先，听鸣响的钟声如何仿佛在空中飘荡，然后渐渐消散，最后轻轻落回地面。当我们大声朗读这首诗时会留意到，相比"float"或"floats"，现在分词"floating"的声音更轻盈，不那么具有终结感。实际上，我们可以很清楚地听到——我是听到了——这一行分成两半，更轻飘的"with up so floating"引领我们到了一个转折点，带出"many bells down"，不光从意义上将我们带回大地，而且以最后一个更重的音"down"结束这一行。他又进一步通过自韵（self-rhyme）("all by all and deep by deep"，一切靠一切，深邃靠深邃）和简单的拟声〔"women and men (both dong and ding)"，女子和男子（又当又叮）〕还有贯穿全诗的彻底的声音重复，进一步强调钟声。不像坡的钟声那样狂轰滥炸，但依然让人难忘。

堆积声音

在《诗歌的声音》中，罗伯特·平斯基引入了术语"辅音线"（consonant-thread）和"元音线"（vowel-thread），取代更唬人的"辅韵"和"半谐韵"。这一转变很可能十分有用，它们更形象，特别是因为几乎没什么比你在黑板上写下"半谐韵"更能引得年轻人咯咯发笑了。但他所谈论的是对诗歌来说绝对核心的问题：一首特定的诗如何叠加元音或辅音，且这种叠加有何效果？

① 余光中译。

对某些读者而言，一种可能的效果是太过了。我倒是喜欢过火，但是这种立场并非举世皆然。下面是一个例证，霍普金斯那首十四行诗《风鹰》的第一个八行组（octave）：

I caught this morning morning's minion, king-
dom of daylight's dauphin, dapple-dawn-drawn Falcon, in his riding
Of the rolling level underneath him steady air, and striding
High there, how he rung upon the rein of a wimpling wing
In his ecstasy! then off, off forth on swing,
As a skate's heel sweeps smooth on a bow-bend: the hurl and gliding
Rebuffed the big wind. My heart in hiding
Stirred for a bird, – the achieve of, the mastery of the thing!

我看见了那黎明的宠儿，在今天早上，
在日光王子的国度，受斑斓黎明引诱的茶隼
正高高翱翔，起伏盘旋，身下是平稳的烟云，
它忘情地旋转，缰绳是它波状的翅膀！
然后它飞去，飞去，自由地飞向前方，
像穿着冰鞋平稳滑过弯道：那疾速，那滑行
漠视迎面吹来的大风。我这颗深深隐藏的心
被一只鸟触动——为它的胜利而激荡！

（曹明伦译）

嚯！试着高声朗读一遍。实际上这是我最喜欢朗诵的诗歌之一，部分是因为有那么多机会可以碰撞摩擦、火花四溅，部分是因为，作为英国现代主义课程第二节的内容，它使后面要讲的一切都显得容易对付多了。

其中的头韵比大多数诗人愿意运用的都要多。真的——竟然把第一行结尾的“kingdom”拆开，难道第二行已经有的五个 *d* 打头的词还不够多？要了解辅韵（或者叫辅音线）的运用，看看下面这一行中出现在词首、词中、词尾的各种流音吧：“Of the ro*ll*ing *l*eve*l* unde*r*neath him steady ai*r*, and st*r*iding / High the*r*e”。而且实际上，流音蔓延到第四行，其中的 *r* 音转为“wimpling wing”中的 *w* 音。说实在的，这段读起来很难不像爱发先生[1]。流音在这两行中大行其道，以至于我们可能注意不到鼻辅音（即 *m* 和 *n*，因其通过鼻孔送气发音而得名）出现的频率。这很遗憾，因为据我计算，这两行中出现了十个鼻辅音。前八行还有另一个大胆之处：其格律——也就是诗行押韵的格式，我们通常用单个字母来代表每个韵脚——为A。没错，是 AAAAAAAA。谁会这么办？霍普金斯，他会这么办。等到最后的六行组（sestet）押韵变为 BCBCBC 时，我们不由得大大松了口气。变点花样是好事。

读读其他大多数英语诗歌，你几乎找不到像霍普金斯这样的诗人。他将自己的个人诗学建立在一种名为辛哈内德（*cynghanedd*）的十分古老的威尔士诗歌模式上，那是一种运用重音、头韵、重复和押韵的体系。其规则过于复杂，故而在此不做探讨，但它们

① Elmer Fudd，也译作埃尔默·福德，是华纳兄弟系列动画片《兔八哥》（*Looney Tunes*）中口齿不清（尤其是 *r* 和 *w* 音不分）、经常被兔八哥捉弄的光头人物。

十分符合霍普金斯自己的倾向——用他称之为跳跃节奏（*sprung rhythm*）的技巧大肆破坏正常的韵律。在跳跃节奏中，他（通过大写、黑体和感叹号）将重音转移到一般情况下不会重读的音节或单词上，以创造特殊效果。而得到的效果也的确特殊。可话又说回来，如果不把字母声音中全部的音乐性都发掘出来，运用声音还有什么意义呢？

插曲

诗到底是个啥东西？

假如我们想讨论如何阅读一种文学形式，你是不是觉得，给这种研究对象下个定义，似乎是合理的做法？再说，这能有多难？诗歌已经以这样或那样的形式存在了几千年。实际上每个写过诗的人（或者貌似读过诗的人）都尝试着给诗下过定义。

那就干脆告诉我们诗到底是什么吧。

要知道，如果你非得这么理性，我们是不会有任何进展的。确实，很多人曾告诉我们诗为何物。大多数情况下，他们的定义并没有让我们更明白。下面是几个“无用定义名人堂”的候选人：

• 罗伯特·弗罗斯特：“（诗是）对混乱的短暂遏制。”“诗是翻译过程中失去的东西。”

• 托马斯·哈代：“诗是用韵律表达的情感。”

• 珀西·比希·雪莱：“诗是对最幸福最美好的头脑的最美好最幸福时刻的记录。”

• 塞缪尔·泰勒·柯勒律治：“诗歌：以最佳顺序排列的最佳词语。”

• 玛丽安·摩尔："诗歌是用真实的癞蛤蟆创造想象的花园的艺术。"

• 克里斯托弗·弗莱："诗歌乃是人用以探索自身惊异感的语言。"

这还都是些创作这一文体的杰出大师呢！所以告诉我，如果全盘接受这一切，你能说明诗究竟是什么吗？当然，我作弊了。这些伟大诗人大多是想讨论诗歌这一体裁，而不是具体的一首诗，故而他们更热心于将这种艺术神秘化，而不是给学生提供一个实用的定义。很明显，假如想下什么定义的话，就得自力更生。那么，各位，你们认为诗是什么呢？而且记住，下面这些定义，每一则我都是从学生口中听来的。

• 诗是由词语组成的吧？很多别的东西也都是词语写成的。没错，但没多大用。

• 诗是分行写的吧？也有不分行的。部分正确吧。

• 诗是押韵的。没错，但有时候也不押韵，某些时代的诗押韵，某些时代的诗是不押韵的。

• 那节奏呢？是啊，节奏呢？诗经常是有节奏的。但还是有……

• 诗遵循其自身规律。现在有些眉目了。

• 诗的语言丰富多彩，很华丽，有时候晦涩难解。有一首关于红色手推车的小诗，我想给你看看。

诗谈起来容易，下定义难。与其说是难在可见的特点（分行，节奏和格律，特殊的形式和规则，倾向于用比喻语言），倒不如说是难在其例外。事实上，对于诗歌的任何一个方面，我们一描述它，诸多例外就会探出可恶的脑袋来。一方面，有商籁体——美妙的十四行诗（sonnet）——几乎符合你所有的观察结果。另一方面，还有散文诗（prose poem），同其他（许多）类型的诗的唯一相似之处是篇幅短小——实际上短小到连小小说或“闪小说”都算不上。而另一方面还有 E. E. 卡明斯的一首诗，占了一整页，可每行不超过三个字母。没错，是字母，不是单词。你明白我们所面临的难题了吗？

但我们还是回到那些形形色色的定义吧，从鼎鼎有名的到声名狼藉的。假如有的话，它们有何共同之处？这里先申明一点，我们在此汇聚的诗歌巨擘们，除了写诗剧的弗莱，其他人追随的都是诗歌的抒情（*lyric*）传统，而非叙事（*narrative*）传统。所谓叙事诗，是指讲故事的诗。而我们所说的抒情诗，是指那些篇幅相对短小，比较凝练，常有音乐性的诗。我们把歌词称作 lyrics 不是没有原因的。“lyric”源于“lyre”，一种在古希腊时期用于为这类诗歌伴奏的弦乐器。如果你和大多数人一样，那你所读到的几乎每首诗都可归到此类。

现在，我们来看看以上说法的共同点：它们告诉我们，首先，诗经常（如果不是总是的话）力图探索我们最深处的思想、情感和经验。第二点，许多说法提到诗的凝练（*compression*）。抒情诗尤其言简而意深。你如果读过荷马的《伊利亚特》或者约翰·弥尔顿的《失乐园》，当然有理由怀疑诗的凝练这种说法。深刻与凝练相结合创造出的强烈（*intensity*），是抒情诗的标志特征。第三点，诗帮助我们以新的方式观察这个世界。它使我们摆脱惯常的自满，赋予我们新的视角。说到底，在罗伯特·弗罗斯特的《未选择的路》（“The Road Not Taken”）让我们真正看到岔路的意义之前，有谁曾经思考过一条路的分叉？玛丽安·摩尔所谓“用真实的癞蛤蟆创造想象的花园”，说的正是这一点。

诗可以突袭，可以伏击，诗会令我们惊诧、喜悦或者悲伤。这也是大师们陈词中的最后一处共同点：他们表达的观点都暗示诗歌给人以愉悦。那种愉悦可能是美学的、语言的、情感的、智性的或者本能的。它可以以一千种不同的形式呈现。也许我们从 E. E. 卡明斯一首诗中得到的形式快乐不同于从阅读 T. S. 艾略特的《J. 阿尔弗瑞德·普鲁弗洛克的情歌》（“The Love Song of J. Alfred Prufrock”）中得到的智性回报，也不同于从沃尔特·惠特曼的《我自己的歌》（*Song of Myself*）中得到的情感满足，但这些区别让我们领会到一则更为广阔的真理：无论形式如何，诗的目的是给读者以某种愉悦。我们可以肯定，没有几个诗人坐在一张白纸前或空白的电脑屏幕前，心中想的是：咱们想办法写点让读者厌烦透顶的东西吧。这种事并非从没出现过，只是极为罕见。

诗歌实验室

你知道那些定义真正错在哪里吗？没有错。那些定义我都喜欢。问题是，在很大程度上，尽管它们并没有错，但它们仅对写出这些定义的诗人而言是正确的。对托马斯·哈代自己的诗而言，他几乎提不出比“诗是用韵律表达的情感”更真实的说法了。或者对雪莱这位擅写狂喜体验的诗人而言，诗歌就是对最幸福最美好的头脑的最美好最幸福时刻的记录。读读他的《致云雀》（“To a Skylark”），你就会明白这定义便是为他量身打造的。但是对于诗歌作为一门普遍的艺术而言，这些说法就未必有用了。

在抛弃了诗坛诸神的众多说法之后，我只有尝试自己提出一个欠妥的定义才算公平，下面就试试吧。**诗是用语言对语言进行的试**

验，一种探索如何最好地捕捉其描写对象并使对象在读者眼中焕然一新的尝试。通过这样做，诗使其对语言的探索成为试验对象的一部分，语言既是试验本身，又是进行试验的场所。

这样的说法未必适合散文。仍存疑虑？那试想，有些小说经常被赞美为“富有诗意”；诗歌却几乎从没有被夸奖为具有“小说性”，而“散文化”（prosaic[①]）是一种贬义的说法。

我坦承，我的定义缺乏更为高级的描述中出现的“美与真”感人号召。但是，假如我们把写诗理解为一种探索，作品既是那探索的记录，又是探索行为本身，那我们就可以开始理解，写诗是一种在语言中通过语言与语言进行的搏斗。

别忘了，正如斯特凡·马拉美所言，诗不是由想法，而是由词语构成的。词语有种令人困扰的习性，它们不愿去到我们想把它们送达之地，或者拒绝承载我们加于它们身上的重量。所以，诗人必须让这些倔强的恶魔待在为它们安排的地方，最终令它们俯首听命。诗人必须用某种方法将它们排列好，使它们不仅满足句法需要，还要符合声音和视觉的考量——假如说得难听或笨拙，谁会关心你到底说的什么呢？——同时还要避开不想表达的派生含义和意外的不雅双关。这有点像穿过一片野地，每走一步要么遭遇地雷，要么踏入陷坑：你是想被炸入高空，还是跌入深渊？可是人们依然在进行着这项工作，简直不可思议。

试验总是新的，每一次都是重新开始。无论上一首诗中有什么精彩之处，都不能保证同样的技法在下一首诗中仍然奏效。当然，大量诗人尝试过老调重弹，使我们读来失望连连。那些让我们兴

① 又有“枯燥乏味”之意。

奋、不停犯难涉险的诗人，是些不肯退缩、敢于冒险的人。他们迎接每一个新的挑战，把每次挑战都当作新鲜的尝试。

而这种新鲜也是有局限的。人们几乎不可能跳出自己的时代进行创作。今天没有人能够像一位十八世纪的诗人那样写作，十八世纪的人也不可能像现在的人一样创作。归根结底，新鲜和新奇也有其限度。那我们该如何理解诗歌实践呢？它受制于文化时刻，充满那一时刻的哲学的、知识的、社会的和美学的倾向。诗在大多数时代都是渐进的，极端的变化并不频繁发生。一八〇〇年前后的浪漫主义革命之后，英语诗歌安静了一百年左右，直到现代主义颠覆了无数维多利亚时期的规则。诗歌不停抗争着各种想把它拖入平庸的力量——社会的、个人的，甚至艺术的力量。诗歌是绝不甘心流于平庸的。

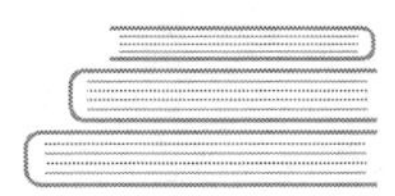

如何读诗？

How Is Poetry?

第三章

把握格律 ①

说什么？不明白“格律”这类东西？你现在只知道抑扬格后面一定跟着五音步？是不是也觉得节奏后面就该跟布鲁斯？那你来对地方了。说到诗歌，大概没有什么比格律、节奏这套东西更让人困扰的了。英语中我们称作诗行的可怕东西是怎么回事？就是扬抑格三音步、扬抑抑格六音步之类莫名其妙的东西。这是语言学上的又一偶然事件：一场希腊术语的不幸联姻，经由拉丁语渗透进了我们的语言。那样的结合会生出怪胎。但怪异的不是诗行，而是术语。基本的事实是：长久以来，英语诗歌以具有节奏模式的诗行为基础，诗行则由词语编排而成。这些节奏模式可以——而且也确实经常——出现在歌曲中。一旦我们知道了基本的模式，就只须数一数它们在一行中重复多少次，好称呼它。

① 英文标题为“Redeeming the Time”，借用诗人杰弗里·希尔一篇论文的标题，典出《英王钦定本圣经·以弗所书》第 5 章第 16 节：“Redeeming the time, because the days are evil”（要赎回时机，因为这些日子邪恶）。此处用的是 time 的双关，英文中 time 除了表示“时间”“时机”之外，还可以表示音乐的节拍，故而引申为此处的格律。

忘掉希腊语，想想音乐，再加点算术。**找出节拍，然后数一数。**

这里我们讲慢点，这东西能让人发晕。首先，你可能认识的一个词："iamb"（抑扬格）。准确说来，这个词本身不是抑扬格，是扬抑格（待会儿再细讲）。一个抑扬格是一种音步（metrical *foot*，指一个可以重复的重音模式），由一个轻音节后面跟一个重音节构成，我们可以表示为"嗒 – **当**"（就像"弱 – **强**"）。"Succeed"（成功）是抑扬格。"elect"（选举）也是。格律上与之构成一对的是"扬抑格"（trochee），与"iamb"不同的是，这个词的发音和它代表的意思一样，是一对第一个音重读的音节——"**当** – 嗒"，或者以此为例，"TRO-chee"（**扬** – 抑），或者如"I-amb"（**抑** – 扬）。

有一点要记住：音步是不受单词限制的。也就是说，有时候，一行诗中可能把"succeed"当作一个音步，这种情况它就是一个抑扬格，但也有可能把它分开，把"suc-"用作一个扬抑格的第二个音节，而"-CEED"成为另一个扬抑格的第一个音节。在那样特定的诗行中，诗人本可选用"FLOUR-ish"（兴 – 旺）或"TRI-umph"（胜 – 利），但是格律显示需要一个第二个音节重读的词，于是就会选择"suc-CEED"。这些东西会令我们困惑也算不上奇怪吧？试试记住这一点：**在数音步的时候，单词不算数，音节算数。**

格律的运用

我们把新学到的知识实践一下。下面是一首相当著名的诗的开篇四行诗节。好消息是里面没有一个你不认识的词语，只有一个词结尾比较特别：

That time of year thou may'st in me behold

When yellow leaves, or none, or few, do hang
Upon those boughs which shake against the cold,
Bare ruin'd choirs, where late the sweet birds sang.

你在我身上会看到这样的时候，
那时零落的黄叶会残挂枝头，
三两片在寒风中索索发抖，
荒凉的歌坛上不再有甜蜜的歌喉。

（辜正坤译）

即便不了解这首诗的创作者，你也会知道这是首老诗，对吧？二十、二十一世纪不会有很多诗人用"thou"或"may'st"，虽然不能说完全没有。这首十四行诗有编号，73，出自莎士比亚之手，写作时间就得往回追溯了（他的十四行诗诗集最初于一六〇九年面世）。这首诗的内容我们以后再讲，但现在我们只关注节奏和格律。这里的格律是抑扬格五音步，或者说由五个一个接一个的抑扬格音步——那种小小的"嗒－**当**"——构成一行："Thăt tíme ŏf yéar thŏu máy'st ĭn mé bĕ-hóld"，其中第二、四、六、八、十音节重读。后面两行亦是如此——重音落在双数音节上。但第四行出现不同："Báre rúin'd chóirs, whĕre láte thĕ swéet bĭrds sáng"。哇噢，这既不是抑扬格，也不是五音步。有两点引人注意。首先，我们被三个连续的重读音节制造出的捶打效果打乱了方寸，几乎看不出后面还有没有抑扬格（有的）。从那阵节奏冲击中缓过神来之后，我们发现有个音节被人偷走了：只有九个音节是很难构成抑扬格五音步的。结果是一行只有九个音节，其中却有六个是重音。这事难道合规矩吗？是的，合规矩。**格律不是法律，而是一种框架。**再者，假如像遵循法律一样严守格律，结果便会单调，而且经常会在不经意间造成滑稽的效果。实际上，我们需要时不时地从框架中脱离出来，至少在抒情诗中是如此。

叙事诗则另当别论。下面这首诗用的是另一套运作模式。没错，其中有几个古怪的词，但它们要么是生造的，要么是从美洲原住民的传说中借用的，不管怎么说，它们并没有妨碍对意义的理解：

By the shore of Gitche Gumee,
By the shining Big-Sea-Water,
At the doorway of his wigwam,
In the pleasant Summer morning,
Hiawatha stood and waited.
All the air was full of freshness,
All the earth was bright and joyous,
And before him, through the sunshine,
Westward toward the neighboring forest
Passed in golden swarms the Ahmo,
Passed the bees, the honey-makers,
Burning, singing in the sunshine.

在“吉却·甘米”的岸边，
在闪闪的大海洋的水滨，

在愉快的夏日清晨，
在那座小屋门口，
海华沙站着静等。

空气是那么地洁净，
大地是那么明媚、欢欣，
在他的面前，穿过阳光，
成群的金色的虫飞向
西边临近的森林，
那是成群的蜂，蜜的酿造者，
它们那么高兴，在阳光中歌吟。

（王科一译）

这是一种不同的音乐。实际上，相较于莎士比亚，它几乎是全新的。一八五五年，亨利·沃兹沃斯·朗费罗（Henry Wadsworth Longfellow）发表了美国最伟大的史诗之一《海华沙之歌》（*The Song of Hiawatha*），上面就是它最后一章《海华沙的离去》（“Hiawatha’s Departure”）的开头。

你首先会注意到一点——尤其是在刚读过莎士比亚十四行诗的开头之后——有人挪动了重音。重音出现在与之搭配的轻音之前，形成了“**当** – 嗒，**当** – 嗒”。或者你会注意到诗行更短——这一变化你在阅读之前就能看出。不要忽视这样的线索，一看所占的页面更窄，就会知道音步更少。这一段每行是四个音步。我们把这叫作四音步（*tetrameter*），意思就是“四个音步”（“four feet”，你可以理解为弹跳四下，“上 – 下”）。那音步本身呢？是扬抑格。放在一起就叫扬抑格四音步（*trochaic tetrameter*），或者说是“扬抑格乘以四”。那为什么这首长诗要用这种特定的音节模式呢？一则，此处有稍许文化挪用（cultural appropriation）：朗费罗意在制造一种鼓点式的律动。而根据我们从经典西部片中了解到的，鼓点可从来不会遵循什么抑扬格。

除此之外，那些相对短的诗行和对称（四音步可以平分，五音步却无法如此）鼓励读者沿着一行又一行诗句长久地读下去，四拍向前，四拍向前。在这首诗中，朗费罗的目的是驱使我们读完一页再读一页，一页又一页，持续不断。这很重要，因为后面还有很多页呢。

第三个要素是我们所称的“阴性”结尾（“feminine” ending）。其意不过是指一行诗的最后音节是轻音。最后一个音是重音的叫“阳性”（masculine）结尾。我们要跳出这些名称包含的性别歧视——力量是男性的，诸如此类——你我都知道，这名称既不是你也不是我取的。虽然我根本没发现弱读音节具有特定的性别特征，可我确实发现由轻音作为结尾稍有未完成之感。我猜想是自己的耳朵适应了抑扬格的韵律，习惯于诗行在重音上结尾。关于诗行结尾与性别问题，我们可以之后再讲，这次讨论已经够让人痛苦了。

所以现在你明白了，两首诗，两种不同的格律，重音相反，诗行长度相异。从重音位置和诗行长度来看，还有很多选择。长度选择之一是五音步，另一个是四音步。那么到底有多少种格律呢？理论上讲是无穷的，尽管实际上数量很少，谢天谢地！很难想象只有一个音步的诗行：一行只有两个音节，然后拐到下一行，还是只有两个音节，以此类推，循着这样的格律沿页面而下。两音步的诗行可能性稍大点，故而确实有个词，叫“双音步”，尽管我还没看到过一首韵律和音节数量不被时时打破的双音步诗歌。下面是常用的音步：

- 双音步（Dimeter）：两个韵步（不管由哪种形式组成，以下皆如此）
- 三音步（Trimeter）：三个韵步
- 四音步（Tetrameter）：四个
- 五音步（Pentameter）：五个
- 六音步（Hexameter）：六个
- 七音步（Heptameter）：七个
- 八音步（Octameter）：八个
- 再多就成妖怪了……

这倒也不太难。假如不看“meters”，我们能认出那些前缀，从“di-”（二，如二分法 dichotomy 中），到“tri-”（三，如几乎所有以三开头的词中），到“penta-”（五，比如在五角大楼 Pentagon 中），到“hepta-”（七，如七项全能 heptathlon，四年一度的女子田径多项运动）。确实，日常语言中很少出现“tetra-”（四），所以这个恐怕需要记忆；而其他的你大多都猜得出来。更妙的是，最短的一个和最长的两个其实不太常出现，所以实际上我们通常只须用到三音步、四音步、五音步和六音步。

诗行中的音步就是这样数的，但是音步本身的类型又怎么判断呢？因为不同的音步有不同的名字，只可惜啊，都是希腊语。我们常用的有五种：

• **抑扬格**（Iamb）：指一个弱读音节后面跟一个重读音节——“嗒 – **当**”，比如“de-LAY”（拖延），或者发音正确的“de-TROIT”（底特律）。

• **扬抑格**（Trochee）：正相反，一个重读音节后面跟一个弱读音节——“**当** – 嗒”，比如“THOM-as FOS-ter”（托马斯 · 福斯特）。

• **扬扬格**（Spondee）：两个连续的重读音节——“**当** – **当**”，比如“DUMB-DUMB”（蠢蛋）。

• **抑抑扬格**（Anapest）：三音节音步，两个弱读音节后跟一个重读音节——“嗒 – 嗒 – **当**”，比如“in the HOUSE”（在房间）。

• **扬抑抑格**（Dactyl）：正相反，一个重读音节音后面跟两个弱读音节：“**当** – 嗒 – 嗒”，比如“NOT a chance”（不可能）。

• 还有别的，但你真的需要知道“抑抑格”（pyrrhic）指两个并肩出现的弱读音节吗？或者想知道由三个弱读音节或者三个重读音节构成的音步叫什么名字吗？想必不会。

实际上，在英语格律诗可能出现的几乎所有情况中，我们需要讨论的就是这五个术语。而如果加上诗行长度，我们还可以省去其中的一两个。出于显而易见的原因，扬扬格几乎不可能聚在一起出现。设想一下：一行扬扬格五音步的诗行将会是十个连续的重音节。有可能吗？不太可能。至于扬抑抑格，用它作为一行诗开头的格律很好，用它为一行诗收尾则不那么好（以两个弱读音节收束给人以无力之感）。结果，我们经常看到扬抑抑格与其他音步共同使用，就像沃尔特 · 惠特曼的“Óut ŏf thĕ crá-dlĕ énd-lĕss-lĭ róck-ĭng”（从永久摇晃着的摇篮里），扬抑抑格和扬抑格交替重复运用。表达不同韵律在一行内混合使用的术语叫作混合韵律诗行（*logaoedic*）。但我建议你记住这种概念，而无须记这个名称。惠特曼到底是惠特曼，他没有整首诗都采用这种模式，而是回归到自由体，尽管很多关键的诗行确实以扬抑抑格开始，形成一股前进的动力。抑抑扬格多被用来组织音步，但它们深受刘易斯·卡罗尔和苏斯博士这类滑稽诗人的偏爱，在滑稽诗中比在严肃诗歌中出现得更频繁。你最熟悉的例子，十之八九每年都会遇到：

> *'Twas the NIGHT be-fore CHRIST-mas and ALL through the HOUSE*
> *Not a CREA-ture was STIR-ring, not E-ven a MOUSE.*①

> 圣诞节前夜 家里好安静，
> 就连小老鼠 都悄不出声。
>
> （李雪梅译）

有点肃然起敬了吧？实际上，这也是《戴帽子的猫》（*The Cat in the Hat*）的格律，尽管苏斯博士把克莱门特·克拉克·摩尔更长的诗行截了开来，每行一分为二。你懂的，读者年纪小，诗行就得短。

那扬抑格呢？我已经给你举过《海华沙之歌》中扬抑格诗节的例子了。那些诗行是扬抑格四音步（扬抑格乘以四），"Bý thĕ shóre ŏf Gít-chĕ Gú-mĕe, / Bý thĕ shín-ĭng Bíg-Sĕa-Wá-tĕr"，给朗费罗以鼓

---

① 这两行出自《圣尼古拉斯到访》（"A Visit from St. Nicholas"）的开头，这首诗的另一个题目叫《圣诞节前夜》（"The Night Before Christmas"），作者一说为美国学者、诗人克莱门特·克拉克·摩尔（Clement Clarke Moore，1779—1863），另一说为亨利·利文斯顿少校（Major Henry Livingston Jr.，1748—1828）。

点般的节奏。

我们这里谈的是韵律分析，分析格律排布是如何在诗中实际运作的，或者一行诗是如何划分格律（*scan*）的。我们应当记住，格律只是一首诗展开的框架。当我们审视一首具体的诗时，不只要发现基本的格律，还要找出这首诗在何处、如何（可能还有为何）偏离了模式。真正要做的是弄明白我们为什么对这首诗的节奏产生特定的感觉。相较于那些格律的名称，更重要的是看得出其中的格律；那些名称只是为了方便我们讨论发现的结果。我们不太可能记住“Bare ruin’d choirs”（荒凉的歌坛）中三个重读音节词连用的名称（*molossus*，扬扬扬格），也不会关心。

你的直觉没错，音步类型和诗行长度会不可避免地结合在一起。只说一首诗是以五音步写成的相当于什么都没说，只有知道是什么音步重复了五次才有用。此外，一行扬抑抑格五音步的诗行会比它的抑扬格五音步表亲长五个音节，数量不算少。而且抑扬格的诗行结尾是重音，而扬抑抑格诗行的最后一个重音必须越过两个弱音节才能看到行尾在哪。也就是说，它们除了都是五音步模式之外，并没有多少相同之处。

格律选择

我在前面提到，多于六个音步（大约十二个音节）的格律诗行不常见，但并不是说它们不存在。看看W. S. 吉尔伯特[①]的《彭赞斯

① 即威廉·施文克·吉尔伯特爵士（Sir William Schwenck Gilbert，1836—1911），英国剧作家、幽默作家、诗人，以与作曲家亚瑟·沙利文（Arthur Sullivan，1842—1900）合作的喜剧歌剧闻名于世，其中最著名的有《皮纳福号军舰》《彭赞斯的海盗》《日本天皇》等。

的海盗》（*The Pirates of Penzance*）中这几行可笑的抑扬格八音步（任何格律的音步重复八次）：

I am the very model of a modern Major-General,
I've information vegetable, animal, and mineral,
I know the kings of England, and I quote the fights historical
From Marathon to Waterloo, in order categorical;
I'm very well-acquainted, too, with matters mathematical,
I understand equations, both the simple and quadratical,
About binomial theorem I'm teeming with a lot o' news,
With many cheerful facts about the square of the hypotenuse.

我是个现代少将的绝佳典范，
我懂得蔬菜、动物以及矿产，
我了解英国列王，能引证历史上的交战
从马拉松到滑铁卢，别类分门；
关于数学知识，我也相当熟识，
我懂得方程，不管一次还是二次，
说起二项式定理，我能如数家珍，
三角形斜边的平方，我也烂熟于心。

（王爱燕译）

要达到最佳效果，这段诗需要以极快的速度朗读（或演唱，要是你知道曲调的话）。这是由诙谐歌（*patter songs*）的本质决定的，吉尔伯特与沙利文尤其擅长在他们的滑稽歌剧中写此类诙谐歌。你可能会注意到，行尾的名词与形容词采用了倒装的形式。此类随性之举常被称作诗的破格（*poetic license*），或是其中的一种，意思是说，为实现期望的效果，诗人被赋予了破坏特定语法或词序常规的自由。这里所说的期望的效果，除格律安排和押韵格式之外，还有喜剧效果。“别类分门”（“Order categorical”）简直让人发笑，更别说“懂得方程，不管一次还是二次”（“I understand equations，both the simple and quadratical”）了。超长诗行运用得如此频繁，能够达到任何效果，不论是令人捧腹，还是堪称可怖。有人会不认同我对此处格律的判断，而且也确实可能有别的节奏韵律分析方式。但是假如我们能听到其中所有的重音轻音（GÉN-ĕr-ál），那八个重音听起来就会更明显。

假如我们把重音反转，寻找扬抑格而非抑扬格节奏，我们便会遇见埃德加·爱伦·坡，以及某种显然并非喜剧色彩的东西：

Once upon a midnight dreary, while I pondered, weak and weary,
Over many a quaint and curious volume of forgotten lore—
While I nodded, nearly napping, suddenly there came a tapping,
As of some one gently rapping, rapping at my chamber door.

从前一个阴郁的子夜，我独自沉思，慵懒疲竭，
面对许多古怪而离奇、并早已被人遗忘的书卷；
当我开始打盹，几乎入睡，突然传来一阵轻擂，
仿佛有人在轻轻叩击——轻轻叩击我房间的门环。

（曹明伦译）

为营造黑暗、不详的气氛，坡将手深深探入他的魔法锦囊。扬抑格本身并不诡异——只要你了解它——但他还运用了行内韵（*internal rhyme*，一行之内的押韵，像第一行中的“dreary”/“weary”，第三、四行中的“napping” / “tapping” / “rapping”），以及具有某种沉重感的词汇“pondered”（沉思），“weary”（疲竭），“nodded”（打盹），“curious”（离奇）。这一节离陷入沉闷只有分毫之差，但就是那分毫之差，造成天壤之别。

现在，搞清了一行中可能出现多少音步，我们就得进阶了。你可能以为一个诗节该由长度都相同的诗行组成。这样说符合逻辑，但也不对。一节中的诗行长度可以有所变化，只要变化具有一致性进而可预料就行。如果你写一节诗，其中的诗行包括四音步的、三音步的、两音步的、五音步的、六音步的和四音步的，那没人会乐意陪你推杯换盏，尤其接下来的一节中音步排列又完全不一样的话。喂，诗人餐厅里可是人满为患呢。但是，假如你一、三行用四音步，二、四行换成三音步，那就好极了。实际上，这是一种很著名的编排，叫作普通格律（*common meter*，*common measure*，又叫民谣格律，*ballad meter, ballad measure*），在故事和歌曲中十分常见，尤其是歌曲中。这首歌你从小就听过：

> Ĭt ráined ăll níght thĕ dáy Ĭ léf*t,*
> thĕ *wéa-thĕr ít* wăs *drý,*
> thĕ *sún* sŏ *hót* Ĭ *fróze* tŏ *déath,*
> Sŭ-*sán*-nă *dón't* yoŭ *crý*.

晚上起程大雨下不停，
但天气还干燥，
烈日当空我却心冰冷，
苏珊娜别哭泣。

（竹漪译）

也许《哦，苏珊娜》（“Oh, Susanna”）在孩子们中不像多年前那么火了，但我记忆中好像每年音乐课上都会唱。好吧，假如那首歌没有在你脑子里留下烙印的话，也许这首有：

Ă-máz-ĭng gráce, hŏw swéet thĕ sóund
thăt sáved ă *wrétch lĭke mé!*
Ĭ ónce wăs lóst bŭt nów ăm fóund,
wăs blínd bŭt nów Ĭ sée.

奇异恩典，何等甘甜，
我罪已得赦免；
前我失丧，今被寻回，
瞎眼今得看见。[①]

或者，

① 出自《奇异恩典》开头几行，该诗为英国牧师约翰·牛顿（John Newton，1725—1807）于 1772 年创作，1779 年发表；中文版收入何统雄等人编辑翻译的中英对照本《生命圣诗》（1986 年）。

Ŏh, béau-tĭ-fúl, fŏr spá-cioŭs skíes,
fŏr ám-bĕr wáves ŏf gráin,
fŏr púr-plĕ móun-tăins' máj-ĕs-tý
ă-bóve thĕ frúit-ĕd pláin.

啊，多美丽！天空辽阔，
麦浪金黄灿烂，
绚丽山峦雄伟壮观，
俯瞰富饶平原。

（熊若磐、梁联发译）

假如闯过难看的标音法，我们就能渐渐看出其中的模式：诗行 4–3–4–3 音步交替，二四行押韵。《奇异恩典》（"Amazing Grace"）又是其中的特例，因为它的单数行也押韵。哦，还总是用抑扬格。假如不是抑扬格，想必这种格律就称不上普通了。说到押韵格式，有时候两行写作一行，就像在《德克萨斯的黄玫瑰》（"The Yellew Rose of Texas"）中："She's the yellow rose of Texas, that I am going to see / Nobody else could miss her, not half as much as me"（得克萨斯有一株黄玫瑰，我多么渴望去瞧上一眼／从来没有人能将她忘怀，但他们的思念不及我一半）。这样的诗行常被称作十四音节诗行（*fourteeners*），因为每行包含十四个音节。当然，这与格律无关，而与眼睛对一页纸的观感密不可分。虽然散文把每行里的空都填得满满当当我们也看习惯了，但一看到一行有十四个音节还是让人不舒服。可话又说回来，看到这些诗行这样印出来，我们便也会立即想，我能对付得了。

你可能想到了，不写歌词的诗人对普通格律也不陌生。下面这段出自塞缪尔·泰勒·柯勒律治的《古舟子咏》（“The Rime of the Ancient Mariner”）的最后一部分：

Făre-wéll, făre-wéll! bŭt thís Ĭ téll
tŏ thée, thŏu wéd-dĭng guést!
Hĕ práy-ĕth wéll, whŏ lóv-ĕth wéll
bŏth mán ănd bírd ănd béast.

Hĕ práy-ĕth bést, whŏ lóv-ĕth bést
áll thĭngs gréat ănd smáll;
fŏr thĕ déar Gód whŏ lóv-ĕth ús,
Hĕ máde ănd lóv-ĕth áll.

再见吧！喜宴的嘉宾！
但临别前听我进一良言！
只有兼爱人类和鸟兽的人，
他的祈祷才能灵验。

谁爱得最深谁祈祷得最好，
兼爱万物不管伟大或渺小；
因为上帝他爱我们大家，
也正是他把我们创造。

（顾子欣译）

就像柯勒律治对待万物的态度一样，他对普通格律也随心所欲。这里你会注意到，他也押了单数行的韵，这不是常规做法。有时候他一节中有六行——依然遵循单 – 双（押韵）模式——而且至少有一次重复单数行的韵，于是他的模式就变成了 4–3–4–4–3，然而只有那一节是那样做的。假如你是天才，就可以打破规矩。

普通格律的魅力之一是，它适用于歌谣，而歌谣可以很长。普通格律可以延续很多节，有没有旋律皆可——《古舟子咏》共有六百二十五行（总行数是单数，说明有一节是反常的）。我们能够读下去，部分是因为节奏驱动着我们读完一行又一行，读完一节又一节。它成为某种驱使诗歌前进的节奏引擎。但即使是写短诗的诗人也有可能爱上普通格律，就像狄金森用一首又一首小诗所证明的那样。也是因此，她的大量诗歌都能和着《德克萨斯的黄玫瑰》演唱。当然，你也可以用《美丽的阿美利加》（"America the Beautiful"）伴奏演唱，只是没那么好玩儿而已。

这又让我们观察到重要的一点：学会找出重音之后，**要无视它们**。读诗要尽量自然。重音无须额外强调也会自然显现。每首诗都有自身的节奏和旋律。响鼓不用重锤。倾听诗音吧。

第四章

诗圣们的节奏

感觉有点蒙？真是的，“格律”“抑扬格”“抑抑扬格”“格律”“扬抑格”“格律”，等等等等。讲了整整一章！一方面，我觉得应该为老是讲技术性的东西道歉。这些格律之类的东西到底为什么重要？假如你是诗人，想写首十四行诗什么的，这些知识很关键。相比之下，我们这些普通读者很可能永远无须写格律诗，也品味不到格律的妙处。相反，我们需要的是语言方面的指导。每种艺术形式都有自己的语言，自己特殊的交流方式，具有一整套相当于语法的规则和实践方法。这里所说的语言，不是指英语，而是诗歌构成的特殊元素。比如首先，“抑扬格”不仅仅是为让我们头疼而造的术语——虽说它确实让我们头疼——而是供诗人使用，从而让读者理解的工具。说到底，你还是想弄明白诗人到底要说什么的，对吧？

格律之外的节奏

现在该看看效果了。我们一直在谈论格律，但是真正重要的是节奏，即在诗歌中感受到的节拍。当然，有时候格律会提供节拍，但是还有其他形成节拍的方式。我们最杰出的，也是第一位非格律节奏的倡导者是沃尔特·惠特曼，正如在《我自己的歌》（*Song of Myself*，1855）第十一部分中所见：

Twenty-eight young men bathe by the shore,
Twenty-eight young men and all so friendly;
Twenty-eight years of womanly life and all so lonesome.

She owns the fine house by the rise of the bank,
She hides handsome and richly drest aft the blinds of the window.

Which of the young men does she like the best?
Ah the homeliest of them is beautiful to her.

二十八个青年在河边洗澡，
二十八个青年个个都很友善；
二十八年的闺中生活却那样孤单。

她拥有高岸上那座漂亮的房子，
她俊美，衣着华丽，躲在窗帘后面。

这些青年中她最喜欢哪个？
呵，相貌最普通的那个，在她看也是美的。

（王爱燕译）

从格律上看，这一段简直五花八门。第一行开头是扬抑格，“Twén-tĭ-éight yŏung”，可是接着滑向抑扬格，“mĕn báthe”，然后又以抑抑扬格收尾，“bĭ thĕ shóre”。我们甚至可以把它看作一对抑抑扬格，“yŏung mĕn báthe bĭ thĕ shóre”，可这就把重读的“eight”孤立了起来。接下来的一行遵循了同一模式，但是第三行却让所有对规律的期待都打了水漂。

那么，这里到底是什么决定了节奏呢？有几种要素在此登台。首先是惠特曼最喜欢的策略，重复。那三行都以同样的三个音节推动着诗句向前。诚然，第三行颠覆了我们自以为找到了的规律，以为“twenty-eight”之后会跟一个非重读音节，之后再跟一个重读音节（“young MEN”）。然而，数字之后跟的却是一个重读音节，“YEARS”，令人措手不及。很明显，天下所有的格律知识都于此无济。

你会问，为什么？因为惠特曼不在乎格律，却在乎节奏。他不会绝对服从一种规定的格律，而是利用其他文体特征为他的诗创造一种节奏感，或者你也可以说是一种乐感。这种特征的一个明显例子是重复。那两行开头都是“Twenty-eight young men”，给开头一种摇曳的步态。相较于诗歌，这种重复短语的叠加在演讲术中更常见，无论是政治演讲还是宗教演讲，虽说它在诗歌中也绝非无人知晓。你可以读读十九世纪的丹尼尔·韦伯斯特[①]或二十一世纪的贝拉克·奥巴马的演讲，或者殖民时期的牧师乔纳森·爱德华兹[②]和大约二百年后的马丁·路德·金的布道，就会看到，从修辞和声音上

① Daniel Webster（1782—1852），美国著名的政治家、法学家和律师。

② Jonathan Edwards（1703—1758），18 世纪著名的清教徒布道家，推动北美殖民地的“大觉醒运动”，擅长以生动而充满激情的演讲抓住听者的情感。

看，这种特殊的技法依然在上演。

另一个特征是押头韵，相邻的词重复词头的音，比如第一行中的“bathe by”，或第五行中的“hides handsome”。同任何技巧一样，押头韵很容易用过头，但是寥寥几个短小的实例就可以达到神奇的效果。与之相关的特点是押辅韵，即辅音在邻近的词中重复，尽管这些音在单词中所占的位置未必相同。我们在第三行介绍那个女人时看到这一点，“woman*l*y *l*ife and a*ll* so *l*onesome”。*l* 在三个不同位置以四种不同方式运用：在“life”和“lonesome”中出现在开头，在“all”中出现在末尾，在“womanly”中出现在倒数第二位（后面还有个元音）。同时，他还重复运用相关的音 *m* 和 *n*，两者的区别只在于一个发音时双唇合拢，另一个双唇张开，比如“wo*man*ly”和“lo*n*eso*m*e”。而且他喜欢用抑抑扬格，尤其是用在行尾，像“bĭ thĕ shóre”“thĕ fĭne hóuse bĭ thĕ ríse ŏf thĕ bánk”，从而达到他期望的效果。

《草叶集》提供了几百，也许几千个用这些和其他技法创造节奏的例子，而且几乎没有一处格律规范的诗行。惠特曼在创作中一直在制造节奏这种东西。在他的伟大诗篇中，每新写一段，他肯定就会问自己三个问题：这一部分的音乐是什么？我怎样创造出来？音乐会达到什么样的效果？当然，借助久经考验而证明可行的东西——从乔叟、莎士比亚和华兹华斯手中传下来的传统格律形式——则会容易得多。

你知道这意味着什么，对吧？这是一场地震，虽说在一百五十多年之后已经感觉不到震动。自从乔叟时代（他于一四〇〇年去世）以来，英语诗歌已经筑起了一座以抑扬格为基础的城堡，此时却冒出一个不知天高地厚的诗坛新人，将这城堡震得七零八落。你听到那声音了吗？那是第一位真正的现代诗人轰然而至的声音。

从那之后，美国诗歌就一直轰然作响，摇晃不止。那是不是意味着，美国佬比英国佬节奏感更好呢？并非如此（你只须读一读泰德·休斯[①]便知道答案了），但是也许可以说，他们有更多的经验和更优越的早期范例。很久以来我都认为，现代美国诗歌（或通过认同，或通过反抗）直接脱胎于惠特曼。相反，现代英国诗人则萌芽于两位精于传统的、封闭体诗学（closed-from poetics）的行家，托马斯·哈代和威廉·巴特勒·叶芝。一个又一个诗歌流派，从一战前的乔治时代诗人到二十世纪五十年代的运动派诗人，都公开承认他们得益于哈代精练、克制的诗歌，而其他所有诗人在刚出道时期，都或多或少地经历了模仿叶芝的阶段。就连像菲利普·拉金这样最不可能模仿他人的大师，也在最初阶段蹩脚地模仿过叶芝，后来又成了有哈代风格的运动派诗人中的一员。与此同时，美国人可模仿的不只有惠特曼，还有其他几位从这片土壤中长出的新声：兰斯顿·休斯[②]和 E. E. 卡明斯。

节奏的其他基础

兰斯顿·休斯发表的第一首诗《黑人谈河》（“The Negro Speaks of Rivers”）极富惠特曼韵味，不只是关键词语重复，而且长短句夹杂，正如开头这两行：

---

① Ted Hughes（1930—1998），英国现代派诗人，1984 年被评为“桂冠诗人”，著名作品有诗集《雨中的鹰》《牧神节》《沃德沃》《乌鸦》《生日信函》等。他的第一任妻子是美国女诗人西尔维娅·普拉斯。

② Langston Hughes（1901—1967）美国黑人文学家，写过诗歌、小说、戏剧、散文等，被誉为“黑人民族的桂冠诗人”。

I've known rivers:

I've known rivers ancient as the world and older than the flow of human blood in human veins.

我了解河流：

我了解象[1]世界一样古老的河流，比人类血管中流动的血液更古老的河流。

（申奥译）

第二行中对开头三个词的重复——再加上叠用的介词短语，"as the world"（像世界），"than the flow"（比流动的），"of human blood"（属人类血液），"in human veins"（在人类的血管中）——创造出开头的节奏，这节奏组织起本诗其他部分的声音：

My soul has grown deep like the rivers.

I bathed in the Euphrates when dawns were young.

I built my hut near the Congo and it lulled me to sleep.

I looked upon the Nile and raised the pyramids above it.

I heard the singing of the Mississippi when Abe Lincoln went down to New Orleans, and I've seen its muddy bosom turn all golden in the sunset.

① 从诗文翻译到本书出版，汉字使用规范有所改变，本书中以保留原译文为主。——编者注

I've known rivers:

Ancient, dusky rivers.

My soul has grown deep like the rivers.

(1921)

我的灵魂变得象河流一般深邃。

晨曦中我在幼发拉底河沐浴。

在刚果河畔我盖了一间茅舍，河水潺潺催我入眠。

我瞰望尼罗河，在河畔建造了金字塔。

当林肯去新奥尔良时，我听到密西西比河的歌声，我瞧见它那浑浊的胸膛在夕阳下闪耀金光。

我了解河流：

古老的黝黑的河流。

我的灵魂变得象河流一样深邃。

中间几行的动词不同，但是形成的模式是一致的："我[动词]"，接下来是提到的河流的某一方面。就像惠特曼一样，行首的重复制造出一种自身的节奏。而且，介词短语也贯穿那四行，从"in the Euphrates"（在幼发拉底河）到"in the sunset"（夕阳下）。它们每一个既加深又呼应着第二行中的变化。如何做到的？即便无以名之，我们也知道介词短语产生的那种韵律，那种跟在"in"和"on"以及许多其他介词之后的三四个词的短语：介词 – 冠词 – 名词，《木板路下》（“Under the Boardwalk”）就是赋予这种形式音乐性的精彩案例。它们已被深深织入了我们对英语声音的理解：只要一听到介词，我们就准备好了迎接一种十分熟悉的模式的其他部分。

与我们的讨论关系更密切的，是休斯对美国诗歌节奏做出的三项贡献。首先，他将非洲裔美国人的方言引入了诗歌，并非将其作为“地方色彩”的来源，也非为嘲讽幽默的效果。休斯运用黑人英语，目的是为某些黑人经验创造真实的声音，并为这种声音寻找音乐性。

例如，《母亲对儿子说》（“Mother to Son”）中的母亲以比喻历数她经历的艰辛，开头是“我的人生从没水晶楼梯”（“Life for me ain’t been no crystal stair”），后面便一一列出各种人生的挑战，并且以现实中的楼梯会出现的问题的形式呈现出来，从大头钉到木刺到破旧的木板，但自始至终，她强调自己不会放弃，不会停止攀登，不管这样的努力有多艰难。这种诗的奇喻（*conceit*），一种贯穿全诗而且统领其意象的暗喻（metaphor），其精巧别致，不逊于十七世纪那些擅长此类手法的大师的任何比喻。相较于像约翰·邓恩和安德鲁·马维尔这些被称为玄学派的诗人，休斯的奇喻语言属于一位被压迫的非裔女性，真实无矫饰。休斯也遭到过批评，包括来自某些黑人群体的批评，他们把使用方言同黑脸秀[①]以及其他通常属于白人的通俗娱乐形式中对非洲裔美国人的贬低描述联系起来。但休斯的幻想最终令他从二十世纪下半叶的许多诗人、作家中脱颖而出，从阿米里·巴拉卡[②]到伊什梅尔·里德[③]，再到托妮·莫里森，他们会继续探索黑人同胞话语中的音乐性。说到底，休斯是继承了沃尔特·惠特曼和书写美国非裔经验的伟大前辈诗人保罗·劳伦斯·邓巴[④]的双重传统。他同惠特曼一样展现了对普通民众的同情和理解，并将之与自己的种族社群相结合，这几乎是必然之举。

休斯诗歌节奏的第二个来源是黑人教堂，这并不令人惊讶。表达信仰的“荣耀！哈利路亚！”“亲爱的耶稣！”经常会从他的诗歌中迸发出来，他甚至会以此为中心组织诗篇。当然，这样的表达在白人教堂里也并非全然无踪，但是在休斯接触的牧师和会众中，这样的赞叹则是礼拜时固有的特色。再者，他运用这些情感爆发的方式也很独特，可能会在描写社会不公或描述一位美丽女子的诗作中时不时来上几句，就像在关于救赎的诗中必须做的那样。他的诗有可能以人在教堂中讲话的形式呈现，而说话者的语言会影响诗歌的节奏。

休斯的第三项伟大贡献在于他探索了在诗歌中运用爵士乐和

---

① Minstrel show，也译作黑人剧、黑人吟唱，是 19 世纪早期兴起于美国的一种滑稽歌舞表演。早期多为白人演员将脸涂黑，有时还涂上夸张的红嘴唇，扮演黑人进行歌舞杂耍表演；南北战争结束后，黑人才获得登台表演的资格。因存在贬低黑人的刻板形象，到 20 世纪六七十年代民权运动时期渐渐衰落。

② Amiri Baraka（1934—2014），原名勒鲁瓦·琼斯（Everett LeRoy Jones），美国非裔作家、诗人、剧作家和评论家。

③ Ishmael Reed（1938— ），美国当代著名非裔后现代主义作家。

④ Paul Laurence Dunbar（1872—1906），美国非裔诗人，常使用黑人方言写诗，描述美国黑人的经历。

布鲁斯的可能性。当然，很多诗人和词作者为布鲁斯和爵士乐填过词。他不是唯一一位试图捕捉爵士乐切分法或布鲁斯节奏结构的诗人（二十世纪有无数哈莱姆文艺复兴运动[1]中的作家做过同样的事），但他可能是读者最多的一位。有什么奇怪的呢？几乎就在他横空出世的历史时刻，最早的跨界爵士明星之一路易斯·阿姆斯特朗（Louis Armstrong）也正在大放异彩。他的诗歌也和阿姆斯特朗的表演具有同样的感染力，同样的活力四射。他可以写出像《穷孩子的布鲁斯》（"Po' Boy Blues"）那样简单的十二小节布鲁斯，也可以写出像《疲惫的布鲁斯》（"The Weary Blues"，1926）那样复杂得多的诗作，其中经常引用真正的布鲁斯歌词，而更长、更曲折的诗行中也会包含布鲁斯元素，但它们拒绝屈从于清晰的流派划分，而是些更像爵士的东西——即兴，有节奏的切分，自由流动：

Droning a drowsy syncopated tune,
Rocking back and forth to a mellow croon,
I heard a Negro play.
Down on Lenox Avenue the other night
By the pale dull pallor of an old gas light
He did a lazy sway . . .
He did a lazy sway . . .
To the tune o' those Weary Blues.

① Harlem Renaissance，20 世纪二三十年代兴起的以复兴非洲裔美国人文化为目的的文化运动。其影响范围包括文学、音乐、戏剧、视觉艺术，反对白人世界对黑人的刻板印象。因其运动中心在纽约的哈莱姆区（Harlem District）而得名。——编者注

With his ebony hands on each ivory key

He made that poor piano moan with melody.

O Blues!

Swaying to and fro on his rickety stool

He played that sad raggy tune like a musical fool.

Sweet Blues!

Coming from a black man's soul.

O Blues!

随着带有切分音的慵懒曲调，

一边浅吟低唱，一边前后摇晃，

我听到黑人在弹唱。

又是一晚，莱诺克斯大道上，

顶着旧式汽灯苍白暗淡的光，

他懒懒地摇晃……

他懒懒地摇晃……

随着布鲁斯那疲惫的曲调。

黑檀似的双手，象牙般的琴键，

他让可怜的钢琴轻声呜咽。

哦，布鲁斯！

他坐在那几乎散架的凳子上来回摇晃，

他弹奏着忧伤而破碎的曲调如痴如狂，

甜美的布鲁斯！

它来自一颗黑人的灵魂。

哦，布鲁斯！

（张文武译）

他的诗主张："我们可以找到自己的方法，用自己的语言表现自己的人民，赞颂自己的文化遗产。"以上这段，从第九行到第十六行，捕捉住了从钢琴呜咽到"散架的凳子"再到"破碎的曲调"的瞬间，而这两个短语我在莎士比亚或弥尔顿作品中尚未见过。他被后来的许多彼此间大相径庭的爵士诗人所效仿，从巴拉卡到垮掉派诗人杰克·凯鲁亚克和劳伦斯·费林盖蒂。自从休斯向世人展示了真实的音乐，尤其是流行音乐在诗中的功用，其后几乎一切皆有可能了。

寻找自己节奏的美国诗人可以效仿的第三个闪光的榜样，来自一个全然陌生而又奇异地熟悉的拗词老手，E. E. 卡明斯：

Buffalo Bill 's
defunct
who used to
ride a watersmooth-silver
stallion
and break onetwothreefourfive pigeonsjustlikethat
Jesus
he was a handsome man
and what i want to know is
how do you like your blue-eyed boy
Mister Death

野牛比尔

玩儿完了

　　　　他过去常

　　　　骑一匹 银光水滑 的

　　　　　　　　　　公马

连崩 一二三四五只陶鸽[1] 像那样

　　　　　　　　　　　　　　天呐

他真是个美男子

　　　　　　　　　　而我想知道的是

你可喜欢你那蓝眼睛男孩

死神先生

（王爱燕译[2]）

这首小诗最早发表于一九二二年。假如我们用更传统的排版方式，会看得更明白：

Buffalo Bill's defunct

who used to ride

a water-smooth-silver

stallion and break

one-two-three-four-five pigeons

just like that

① 射击练习或比赛用的陶制飞靶。

② 本译文参考过余光中与邹仲之的译文。

Jesus, he was a handsome man

and what I want to know is
how do you like your blue-eyed boy
Mister Death

野牛比尔玩儿完了
他过去常
骑一匹 银光水滑 的
公马 像那样连崩
一二三四五只 陶鸽

天呐
他真是个美男子

而我想知道的是
你可喜欢你那蓝眼睛男孩
死神先生

在这首诗中，页面布局与单词排列模式一样，都成了节奏的一部分。当然，这节奏也和这首诗自然说话般的风格以及"onetwothreefourfive"（一二三四五只）和"justlikethat"（像那样）那样哒哒哒哒的说出方式有些关系。但我们也很难无视由空间跳跃所强加的停顿，无论是纵向，比如"Buffalo Bill's"和"defunct"之间的分行，后者独占一行，还是横向，比如"stallion"，仿佛被放逐到一座孤岛上，又或者像“Jesus”，潜伏在页面右侧的边缘处。卡明斯像使用标点一样，通过使用空间布局让我们加速或减速。一个分号使我们慢下来，一行中三英寸[①]的空白也有同样的效果。

很久以前，那时候你还没出生，甚至连我都没出生，英语诗歌用的是不同的节奏。好吧，这里指的并非我们理解的英语诗歌，而是古英语（但他们不知道自己“古”）。这里我们要清楚，古英语并不是指莎士比亚（早期现代英语），甚至不是指乔叟（中古英语）。不是，我们说的是盎格鲁－撒克逊英语，在诺曼征服之前。诺曼征服带来了许多法语元素，并使原本的语言听起来不那么像漱口时发出的咕噜声。所以，是在盎格鲁和撒克逊人进犯土著的布立吞人（公元五世纪至七世纪）和一〇六六年黑斯廷战役之间。我们从为数不多的现存作品（被认为重要或有意义的不到二百部）中了解到，古英语喜欢使用强重音、头韵和短小的诗行，对押尾韵则毫不在意。不相信？那试读《贝奥武甫》（*Beowulf*）开篇三行：

Hwæt. Wē Gārdena in gēardagum,

*[*LO, praise of the prowess of people-kings*]*

þēodcyninga, þrym gefrūnon,

*[*of spear-armed Danes, in days long sped,*]*

hū ðā æþelingas ellen fremedon.

*[*we have heard, and what honor the athelings won!*]*

诸位安静！我们已经听说，

①1 英寸约合 2.54 厘米。——编者注

在遥远的过去，丹麦的王公、首领，
如何将英雄的业绩一一创建。

（陈才宇译）

使用斜体的是古英语原文，这些你是看不懂的。下面罗马字体的是《哈佛经典》，五英尺书架系列（1910年）中的弗朗西斯·B.古米尔（Francis B. Gummere）翻译版本，也只是略微好懂而已。毕竟，到底什么是“atheling”？除了那些奇怪的字母，这几行还有几个主要特点。首先，注意每行都一分为二；中间的断开叫作行中停顿（*caesura*），这个术语沿用至今，表达一行中间的某种间断（现代诗歌中通常借用标点）。其次，诗行中有大量的头韵。第一行中，不光是“Gardena”中的*g*音，还有其中的*rd*音，都延续到后半行（*half-line*，这术语名字直白得惊人）的“geardagum”中。第三个发挥作用的因素涉及数目。很少的数量。每个半行（或者叫*diptych*）通常只有两个强重音，在我们的例子中，由元音上的横线表示。不重读的音节根本不算数，所以不会有“韵步”的杂音扰得你做噩梦。所以，数到二，其他音节不去管它，如此便好。

那我们为什么要关心这个呢？哦，只是在极其偶尔的情况下，某位诗人会心血来潮，要回归根本。不常见，但是效果可能会很惊人。二十世纪七十年代初，谢默斯·希尼着手用酷似盎格鲁－撒克逊诗歌中的半行体作诗，内容同时涉及北爱尔兰当时的冲突与遥远的过去。他早年的诗集在传统英语诗律方面的成功颇具争议，但他不愿完全抛弃重形式的诗体。后来，随着一九六九年的宗派暴力冲突——后来被称作“北爱尔兰问题”——希尼决定将目前的暴力气氛、古代的入侵者及殖民者维京人（他们干过的各种事情中，包括建立了都柏林）与某种十分古老的诗学相结合。

其结果一鸣惊人。在下面的《骨梦》（“Bone Dreams”，1975）中，他对这种艺术选择做出了解释：

I push back
through dictions,
Elizabethan canopies,
Norman devices,

the erotic mayflowers
of Provence
the ivied latins
of churchmen

to the scop's
twang, the iron
flash of consonants
cleaving the line.

我拨开
辞藻 回溯，
伊丽莎白时代的华盖，
诺曼人的纹章图案，

普罗旺斯

艳情的五月花
教士们
青藤缠绕的拉丁语

直抵吟游诗人
鼻音铿锵，辅音
闪着凛凛铁光
劈开诗行。

（王爱燕译）

这些曾经的语言与诗歌实践，每一种都被希尼用最后那种古代的语言和形式进行描写；吟游诗人是盎格鲁－撒克逊时代的诗歌表演者，其实他们本身就是盎格鲁－撒克逊诗歌的一种创造。也就是说，他们只在盎格鲁－撒克逊诗歌中作为诗人、表演者被描写过。现存的与之同时代的文献，都无法证明他们在现实世界中存在过，而且我们所知道的那些诗，首先就是写下来的，而不是传诵下来的。

希尼并不拘泥于每行要有两个重音，但是效果——沉重的头韵，短小的诗行，粗硬的辅音——却绝对捕捉到了古英语诗歌的灵魂。还有他对比喻复合词[①]——那种用两个复合名词描写另一个对象的词，比如用“鲸路”表示大海——的喜爱。最初的比喻复合词听起来似乎有些异国情调，但我们如今也经常使用，就像用“fender-bender”[②]表示轻微交通事故。同其他日耳曼语系的语言一

① kenning，也译作“比喻名称”（李赋宁）或“套喻”（冯象）。
② 字面意思是“撞弯挡泥板的车祸”。

样，把名词聚在一起以丰富表达的手法，简直是为英语量身定做的。这首诗中值得注意的是希尼对“ban-hus”（“bone-house”，骨屋）的探索。“骨屋”是一个比喻复合词，似乎是指藏骨堂或藏骸所，但实际上是指人的身体，因为身体中“盛着骨头”，无论时间有多短暂。希尼决定取“hus”这部分的字面含义，因而把肉身看作某种房屋，里面有墙、屋顶和家具。如此一来，他承认了传统，同时又增加了对它具有讽刺意味的后现代理解。在《北方》（*North*）中，这一部分（同其他部分一样，由四行一节的一套诗节构成，其来源明显不属于盎格鲁－撒克逊）是希尼对待遥远过去的方式的一种象征。

希尼做出的尝试的疯狂之处在于，他更加严格地遵循他在别处称之为“抑扬格鼓点”的东西。严格得多。在走出可称为他的维京时期的阶段后，他在《田间耕作》（*Field Work*，1979）和《斯泰逊岛》（*Station Island*，1984）中转向更传统的诗体，一定程度上坦然接受了格律诗，而这，是他在早期作品中有时做不到的。从此时开始，他便将头脑中的节奏和诗行中韵律的行进结合了起来，仿佛他正是为此而生。将头脑中的想象天衣无缝、自然而然地付诸纸面，倾入听者的耳中——这不就是节奏的关键吗？

这种节奏的倾泻，有多少诗人，就有多少条通往此处的不同的道路。有些人，像弗罗斯特，是驾驭格律的天然圣手，格律几乎完全化入他的语言节奏之中。有些人，像惠特曼，以独有的方式开辟新航道，以表现自己的节奏感。还有些人，像希尼，追求自己的创见，或借用其他传统，从而安享自己的节奏。如何打造自己的节奏特色，对诗人们而言，总是独一无二的故事，我们读者则既能体验这趟旅程，又能感受抵达的效果。

第五章
长长短短的诗行

现在我们知道，诗行是（或不是）由韵步构成，按照（或不按照）某种模式排列，以达到特定的效果（这最后一条是普遍适用的，这点我相当肯定）。无可否认，这句话没说什么。于是就有了这个问题：一旦词语排列成诗行，它们该产生什么作用呢？有几年，我曾与几个朋友组织了一个作家小组。小组中有诗人、小说家、回忆录作者——还有我。我为这一组合带去的，除了几篇似是而非的小说，还有一种组内的神秘感，但一切似乎也还行得通。很快我就发现一个现象。讨论诗的时候，我们花过多时间谈论诗行长度问题：你为什么在这里而不是在那里断行？你在诗行中是要寻找一种特定的节奏，还是不要节奏，又或者是干脆颠覆节奏呢？而且最重要的是，你想用这行做什么？

真正的问题总是这个：你想用这行做什么？

听起来，这问题只适用于自由诗体，或称开放诗体，或称非格律诗（*free* or *open* or nonmetrical verse[①]），当然啦，这问题在这类诗中的确重要，但也同样适用于格律诗。确实，诗行必须写得合适：假如你写的是抑扬格六音步，却突然冒出七拍而非六拍的一行来，那就是给自己惹麻烦。但是我们允许一定的自由——正如我们讨论过的，诗的破格——以在散文中不常见的方式安排词语，正是由此，才可以实现预想的诗歌效果。理所当然地，这些决定将会涉及某些十分技术性的，有时是枯燥的问题。比如，诗人是想用自然的词序，也就是句尾要有一个逗号或分号之类的，还是要用稍微复杂的词序，允许这一行无须标点、自由结尾（所谓的跨行连续）呢？

换言之，诗人必须决定采取一种方式而非另一种，即便另一种方式说不定也同样可行：

April is the cruelest month, breeding
Lilacs out of the dead land, mixing
Memory and desire, stirring
Dull roots with spring rain.
Winter kept us warm, covering
Earth in forgetful snow, feeding
A little life with dried tubers.

四月是最残忍的月份[②]，从死了的
土地滋生丁香，混杂着

① 根据上下文或行文需要，本书中的 free verse 会译作“自由诗”“自由体”“自由诗体”或“自由体的诗”。

② 此处将查译第一行中“四月最残忍”，改为“四月是最残忍的月份”。

回忆和欲望，让春雨
挑动着呆钝的根。
冬天保我们温暖，把大地
埋在忘怀的雪里，使干了的
球茎得一点点生命。

（查良铮译）

差不多，每行在逗号处结束似乎也可以，这样我们就会看到：

April is the cruelest month,
Breeding lilacs out of the dead land,
Mixing memory and desire,
Etc.

四月是最残忍的月份，
从死了的土地滋生丁香，
混杂着回忆和欲望，
如此等等……

确实，许多平庸的诗人很可能会那样做。但这位可不是平庸的诗人——这是 T. S. 艾略特《荒原》（*The Waste Land*，1922）的开篇，他知道需要某种东西推动读者往下读这首令人望而生畏的诗篇——诗中充满不加解释的典故和未经翻译的引文，更遑论时间和地点上的突然跳跃。他举目四望，发现答案竟然是——分词。当真？分词？没错，现在分词，那些在缺少句号的每行结尾，充满魔力的小小的动词形式（在此例中，是“-ing”词汇）：“breeding”（滋生），“mixing”（混杂），“stirring”（挑动），“covering”（覆盖），“feeding”（给予生命）。如果出现在行首，它们只是为那些诗行中的分词短语开头。但是出现在行尾，它们就创造出悬念：四月滋生了什么？冬天覆盖了什么？用什么覆盖？用我所提供的另一种写法，诗行只会木讷地待在原地；艾略特的诗行则驶过行与行之间的沟壑，让我们跃过间隙，去寻找我们没有意识到自己原本就拥有的答案。

关键就在于此：从语法和句法上看，两个版本间并无差别。作为句子，诗行读起来一样，含义也完全相同。改变的是读者与这首诗之间的关系。艾略特使我们更加主动：每一个分词都变成一块跳板，使我们一头跃进下一处惊奇。这正是合理的分行可以达到的最佳效果。很明显，并非所有的跨行连续都会有与艾略特的诗行同样的推进力。然而，我们应当明白，选择结句行还是跨行是有（或说应该有）原因的，而且总有结果与这选择相关联，无论选的是哪一种。

在上面的例子中，选择出现在一首开放体，或叫自由体的诗中，但是传统的、书写封闭体的诗人也会面临同样的问题。如果看看上一章中的诗，我们会看到其他选择背后的逻辑。下面还是朗费罗：

By the shore of Gitche Gumee,
By the shining Big-Sea-Water,
At the doorway of his wigwam,
In the pleasant Summer morning,
Hiawatha stood and waited.

在“吉却·甘米”的岸边，
在闪闪的大海洋的水滨，
在愉快的夏日清晨，
在那座小屋门口，
海华沙站着静等。

怎么，每行结尾都有标点？你可能猜到了，不可能无休止地这样下去。如此几千行下去，会有点不连贯，对吧？但就眼下而言，作为这一段的开篇，它还是合适的。这里每一行都是结构完整的介词短语，直到最后一行，是一个独立子句，一个可以独立存在的句子。前四行只是点明海华沙在何时何处站立等候：在大湖边，在小屋门口，在某个季节，一天中的某个时辰。而常规的做法就是，罗列介词短语时要用逗号分开。

朗费罗在这里能不能学学艾略特，也许可以把介词挪到前一行去？不行。首先，这根本不符合他的天性。山雀是变不成老鹰的。但更关键的是，介词不适合那样分开。我想你可以把一个“by”放在名称前的一行，即“by / The shining Big-Sea-Water”（在／闪闪的大海洋的水边），但这样看起来很愚笨，与朗费罗不相符。更关键的是，那些单音节的介词给第一个扬抑格提供了重音，所以它们出现在句首很必要。

以上列举的两个手法大相径庭，但都拥有伟大诗篇特有的非此不可的感觉：“当然就得这样——不然还能怎样呢？”

自由些的诗

你知道我们谈的是文学，而诗歌是文学的基础体裁之一，对吧？而文学的一条规律是，凡事总有例外。甚至反例也有自己的反例。因而，假如你发现整套格律诗中冒出几个不服规矩的，也不要太震惊。自由诗（*Free verse*）就是一个很明显的例子。对于开放体（*open-form*，很多批评它的人说它缺乏形式，但其实未必如此）这种诗歌而言，“自由诗”不是一个特别准确的术语。这种诗拒绝接受诗行、韵律和诗节这些规则的辖制（受制于这些规矩的诗有一个与之配对的称呼：封闭体，*closed-form*）。自由诗的运动或激流以十九世纪的沃尔特·惠特曼为精神之父，在二十世纪蓬勃发展。它进行得十分热烈，以至于在一九八〇年代，我曾听一个本应算得上诗歌内行的人说过，她没办法读当代英语诗歌，因为无论何时，只要一看到一首诗中用上了传统格律（那种封闭体的），她就会想当然地以为那是戏仿或玩笑。我可以向你保证，菲利普·拉金即便在最滑稽、最狡猾顽皮的时候，依然是认真的。所以说，自由体，或叫开放式诗歌，是对盛行了七个世纪左右的诗风的某种反叛。

自由诗是在二十世纪一〇年代中期的意象派时期站稳脚跟的。那场运动力图通过严格专注于呈现意象以剔除诗歌中疲软松懈的部分，就像这一派最著名的诗歌之一（1923 年）中写到的：

The Red Wheelbarrow

so much depends
upon

a red wheel
barrow

glazed with rain
water

beside the white
chickens.

红色手推车

那么多东西
依靠

一辆红色
手推车

雨水淋得它
晶亮

旁边是一群
白鸡

（袁可嘉译）

并没有内在必然的原因决定那几节为什么不可以写成单行：至少“glazed with rain water”读来与“glazed with rain / water”是一样的。而且这里当然也没有韵律上的必要性。我们可以说，每段第一行有两个重音，第二行只有一个重音。但一定是这样吗？全诗第一行“So much depends”该读成“Só mŭch dĕ-pénds”还是“Só múch dĕ-pénds”呢？我倾向于后者。此外，重读音节并没有按照规则的韵律模式，被非重读音节所衬托。所以，让我们想想，威廉斯这样安排，到底有何益处。

首先，这样偏纵向的布局使这首诗变得更长了点。每一行结尾都迫使我们眼睛往下走，这是需要时间的。是的，很微小，但微小也有用。其次，那些断行也产生戏剧感，甚至悬念。这种戏剧感与其说是悬念，倒不如说是在诗建立起的期待与传达出的结果之间的张力。在第三“节”中，“rain”（雨）接下来不一定非要用“water”（水），虽说我们可能预料是它。也可以是“droplets”（滴）或“sheen”（光），诸如此类，尽管，因为作者是威廉斯，答案很可能就是个平实的“water”。真正的结果在第四节。最后大揭秘亮出底牌，你会料到是“chickens”（鸡）吗？这首诗本来很容易写成一首四行的诗，即便那样，每行也不会超过六个音节。但是威廉斯通过对分行的操纵来对抗读者的预期，创造出某种新颖而出人意料的东西。而且，历史证明，它还十分著名。严格说来还比不上莎翁第 73 首十四行诗，但它实现了创作者的意图，正如那首十四行诗实现了莎士比亚的意图。

以上是告别韵步的一种方式。

但这只是其中一种。也许你是一位诗人，想超越抑扬格、扬抑格之类的种种条条框框，但仍然想接受挑战，在一定的局限下写诗。那还有什么呢？数音节如何？俳句（haiku）和相关的形式，是严格的音节诗的例子，在不算很久之前还被认为富有异国情调，而如今我们已习以为常。自中世纪起，法国诗人就在写作音节诗（*syllabic verse*），也就是说，对音节精确计数。英国诗人有时随意增添（或省略）音节，反复无常，尤其是各种非重读音节，而法国诗人却一直恪守更严格的标准。好在我们现在讨论的是英语诗歌，而英语诗人，尤其是二十世纪的诗人，可以自定规则。如今，法语诗歌绝大多数（从历史角度看）是用十音节或十二音节诗行写成，对他们而言很适用。但是假如你是一位一九一〇年代的年轻美国诗人，而且是个诗学上的自由思想者，你可能会决定摈弃三样东西：标准英语格律诗，自由诗体（其中几乎毫无规则可循），以及法国人对于音节诗应当如何的预设。你很可能会像玛丽安·摩尔那样写：

The Fish

wade
through black jade.
  Of the crow-blue mussel-shells, one keeps
  adjusting the ash-heaps;
    opening and shutting itself like

an
injured fan.

鱼

跋涉于
黑玉。
  乌鸦蓝的蚌贝中，

有一只
不停地拨弄水底的沙子；
  自开自合，像

一只
受伤的扇子。

（明迪译）

这是《鱼》（1921 年）开头第一节和第二节的前两行。我总不能给你一个不完整的句子吧？稍后讲结构的时候，我们再谈这一节的结构。但眼下我想只专注于诗行的长度。首先，我们承认每一节有五行，这一点，你只读了一部分是看不出来的。而且这五行都不一样。第一行有一个音节；第二行，三个；第三行，九个；第四行，六个；第五行，八个。这就是第一节。第二节呢？1–3–9–6–8。第三节、第四节等亦如是。当你看到印在页面上的整首诗，过一会儿，等眼睛适应了，就会看出来："嘿，它们看起来都挺像。"我想，那是因为诗行开头参差不齐：最初两行是左对齐，第二个两行缩进三个格，第五行又缩进三个格。有人称诗行参差不齐的开头是模仿珊瑚礁凹凸不平的表面，而这首诗真正描写的主题就是珊瑚礁。

无可否认，音节诗是所有英语诗歌中一个相当小的分支，但这并不意味着没人写过，或者今后没人再写。就像大多数的艺术，限制我们的只有自己想象的广度。

彻底的改变

在 W. S. 默温最初的四本书中，他遵循的是传统甚至古典的诗歌模式，而且十分擅长于此。他的第一部诗集《两面神的面具》（*A Mask for Janus*，1952）获得过耶鲁青年诗人奖，为他赢得无数奖金和资助。《火炉中的醉汉》（*The Drunk in the Furnace*，1960）似乎象征着美国诗歌中一个重要声音的到来——它的确是，但与人们以为的样子不尽相同。在他的第五部诗集《移动的靶子》（*The Moving Target*，1963）中，他抛弃了标点，与此同时还抛弃了大写，仅保留全诗开头的大写，偶尔还有专有名词的大写。就这样，他背离了标点，再也没有回头。记不记得前面讨论诗歌朗读的时候，我告诉你要读句子？句子，而非诗行，是诗歌含义的基本单位。这一劝告依赖一种确定性，即我们能辨认出一个句子的轮廓，因此知道一个句子的起始和结束，而知道这一点，要基于一个小小的标点，句号。当然啦，你也可以用几种其他标点结束句子，但句号是最常规的那个。于是这里就出现了问题：假如你在写作中去掉句号，还有它的各种让我们停顿、前进、停止阅读的兄弟姐妹，那我们如何才能知道一句话何时结束呢？换言之，如果你没有正常意义上的句子，你会得到什么呢？

诗行：

Early One Morning

Here is Memory walking in the dark
there are no pictures of her as she is
the coming day was never seen before
the stars have gone into another life
the dreams have left with no sound of farewell

insects awake flying up with their feet wet

trying to take the night along with them

Memory alone is awake with me

knowing that this may be the only time

一日凌晨

回忆正在黑暗中走动

没有肖像似她的模样

将至的一天不曾被见过

群星已去往另一段生命

睡梦离去 没道一声再会

昆虫醒来 湿着细脚飞行

试图将夜晚也一并带走

只有回忆与我一起醒着

知道这也许是仅有的一次

（王爱燕译）

这首诗出自他二〇一六年的诗集，《花园时间》（*Garden Time*）。从他第一部诗集出版，到此时六十四载已过，这本身就非同寻常。诗集中大多数诗篇都为他在视力衰退之后所作，需要口授给妻子记录，这使得这一成就更加非同一般。《一日凌晨》很好地代表了他后期的模式：清晰、直接、简单，甚至毫无修饰，然而如有魔法。"回忆"表现得像一位希腊女神，如同她的古代先辈，记忆女神谟涅摩绪涅，是一位女性，只服侍一个人（至少在他看来）；没有“似她模样”的肖像，于是只有说话者能够看到她。

除了缺少标点，这首诗还是很传统的。九行每一行都有十个音节，使之看起来很熟悉。音节有时围绕着四个节拍组合，有时是五个。默温在诗行结构上并不总是那么规范，但很多诗的诗行长度确实具有一惯性。大多数诗行都是大致独立的语句，其中有两行（第六和第八行）延续到下一行。这种格式让他能够展示，用短小简单的语句他可以达到什么效果。比如，“the coming day was never seen before”（将至的一天不曾被见过）散发出隐秘的深奥：我们的第一反应可能是以为它浅白而不予理会，但如果我们回想起这是一首关于回忆在房内蹑足而行的诗，便意识到她——还——不能进入那将至的一天。最后两行包含一个小小的谜团：知道“这也许是仅有的一次”的，是“回忆”还是说话者？句法暗示的是前者，但这几行也有足够的模糊性，使问题悬而未决。

对于默温有意避免使用标点这件事，批评家未予重视，以为是又一个文学噱头——类似于小说家亨利·格林[①]在他第二部小说《生活》(*Living*) 中几乎弃用所有定冠词和不定冠词（the，a，an）——这本是可以原谅的。但是，与格林不同的是，默温从不回归或回顾，故而对他而言，这从一次试验变成了一种诗歌存在的模式。确实，这种做法已成为他如此鲜明的特色，以至于任何其他人要这样做，都很容易显得是在模仿他。

① Henry Green（1905—1973）是英国作家亨利·文森特·约克（Henry Vincent Yorke）的笔名，知名作品有长篇小说《结伴出游》《生活》和《爱》，其风格对当代英国作家影响极大，有“作家中的作家中的作家”之称。

在结束之前，我们必须承认，有一批数量极少但很坚定的诗作，我们的讨论对它们是没有意义的，因为它们不分行。描述这类诗，我们惯用的术语是散文诗（*prose poems*），尽管写作这类作品的作家们很可能拒绝这一名称。最早的例子也许来源于俳文（*haibun*），一种融合散文元素与传统俳句（你知道的，就是 5–7–5 音节）的文体。俳句是由十七世纪日本诗人松尾芭蕉[①]发展起来的。在西方，散文诗这种形式起源于十九世纪的欧洲，作家如法国象征主义诗人夏尔·波德莱尔和阿蒂尔·兰波探索了这一文体的不同可能性。散文诗在二十世纪断断续续地出现，创作者通常是拒绝传统文学观念的作家，像垮掉派作家杰克·凯鲁亚克、艾伦·金斯堡和威廉·S. 巴勒斯（William S. Burroughs）。一九七〇和一九八〇年代有三部值得注意的诗集：罗伯特·勃莱[②]的《牵牛花》（*The Morning Glory*）、杰弗里·希尔[③]的《默西亚圣歌》（*Mercian Hymns*）和查尔斯·西米克[④]的普利策获奖作品《世界并不结束》（*The World Doesn't End*）。勃莱的书开篇就明显是在向芭蕉致敬，所以显然他是接受这一术语的，查尔斯·西米克也从未拒绝这种说法，而希尔是永远的反对派，强烈地拒绝这一叫法，表示那三十篇标号的段落是“节奏

① Basho（1644—1694），日本江户时代前期的俳句大师，将俳句形式推向顶峰，被誉为日本“俳圣”。

② Robert Bly（1926—2021），美国诗人，20 世纪六七十年代“新超现实主义”（又称为“深度意象诗派”）的主要推动者和代表性诗人，主要诗集有《身体周围的光》《从两个世界爱一个女人》和非虚构作品《上帝之肋：一部男人的文化史》等。

③ Geoffrey Hill（1932—2016），英国诗人，曾被称作“他那一代最卓越的诗人”，代表作为《默西亚圣歌》。

④ Charles Simic（1938— ），出生于南斯拉夫的美国诗人，曾任 2007 年美国桂冠诗人。

散文的短诗”（“versets of rhythmical prose”）。短诗（*Versets*）是小诗，尤其指那些取自《圣经》的短诗。希尔的诗写的是传说中英格兰中部的国王奥法——有时夹杂着更现代的故事——通常短小、带着揶揄，甚至嘲讽，但也常常颇为动人。这些诗完全不在意诗行的长度和结构。

以上的一切以相当迂回的方式说明，诗行能任人自由调整。它们可以长，也可以短，可以有韵律，也可以没有韵律，可以押韵，也可以不押韵。无论诗行外形如何，它们都是区分诗歌与散文的关键特征（尽管还有散文诗），是建构诗歌的基本要素。假如我们想尊重诗人的付出，就需要认真观察他运筹诗行的方式。

第六章

词语即约束

你肯定注意到了，文学是由词语构成的。词语对小说很重要，但它们在抒情诗中有着不同的重要性。我们谈论的诗，可能从两三行到几百行不等，字数从十几个词到几千个词，其中的字数差距不比狄更斯《大卫·科波菲尔》与《荒凉山庄》之间的更大。无须身为天才也能看得出，词语对诗的重要性要比对维多利亚三卷本小说的重要性更大，即便只是因为诗的字数如此之少。

此处我要强调，对词语如此程度的关注是抒情诗的一个特点。诗剧或史诗，其诗歌形式与词语选择的关系多少松散些——若说与小说不完全相同，也与之相近。即便如此，哪怕对于书面而非口传史诗，词语依然很关键，极为关键。可你知道词语的问题是什么吗？诗歌不拥有词语。诗歌没有专享一种语言的特权——说到这点，任何文学都不例外——所以诗人只好凑合着运用已经因各种使用和滥用而败坏、贬值的语言来写作。

你写诗时寻找的任何词语都会是被人使用过的，其含义被蒙蔽、玷污，其精确性被偷走，有时候甚至变得不堪使用。比如，一九七〇年之前的作家可以用“心中欢喜”（hearts are gay）这样的说法，无须多虑表意是否清晰或有其他含义。但是，同性恋平权运动之后，“gay”（可指男同性恋）这个词的化用使之负载了和原先截然不同的含义。其转变，比我们这些经历过那个年代的大多数人记忆中的任何语言学变化都更迅速，更全面。这没什么——表达新含义的“gay”远比从前用途更广泛。而无可避免地，语言会变化，以适应改变了的社会状况。我认为今天的作者依然可以按科尔·波特[①]或P. G. 沃德豪斯[②]的用法使用“gay”这个词，但会产生后果：读者对它的理解已经产生了变化。大多数改变是渐进的，并且源自于不那么高尚的动机。想想官方文件是如何扼杀语言生命力的吧。一条规定或者一封来自保险公司的信函，其关键不在于使任何东西富有生气，而是尽可能把与读者切身相关的事情表述得不具个人色彩。宣传材料的用语往往不是使动机清楚，而是使之模糊，并且歪曲事件或行为。

这种窘境，即如何用语言这种已经历严重贬值的东西作为艺术的媒介，并不新奇。十九世纪末，法国象征主义诗人——保罗·魏尔伦、斯特凡·马拉美、阿蒂尔·兰波等——谴责过这种两难困境。杰弗里·希尔在一篇文章——其题目《把握格律》（“Redeeming the Time”）被我窃来用作本书一章的标题——中说，诗歌不可避免地要与“话语的惯性阻力”作斗争，“语言受引力作用，并产生引力”。这番话是谈节奏的时候说的，但后来他又做了补充，将词

① Cole Porter（1891—1964），美国作曲家、音乐剧作家，重要作品有《吻我，凯特》《快乐的离婚男人》和《万事成空》（以 P. G. 伍德豪斯的剧本为蓝本）等。

② P. G. Wodehouse（1881—1975），英国作家，20 世纪最著名的幽默作家之一，以“万能管家”吉夫斯系列最为出名。

语也纳入其中，被他写在另一篇文章中（其题目被用作这一章的标题），很不吉利地用到了“bond”这个词，既指忠诚或信任（to swear a bond, to be bonded：发誓结盟，定约），又指监禁约束（to be held in bondage：被囚禁）。他认为，不管是哪种含义，语言都对诗人的作品发挥阻力，而诗人正是在努力克服那种阻力的过程中创造艺术。至少在过去一个世纪中，这种语言阻力很可能是诗歌“创新”的冲动来源。“创新”是庞德的话，使之新鲜、不同或有时仅仅是陌生奇怪，从威廉斯的《红色手推车》到T. S. 艾略特的《荒原》，再到西尔维娅·普拉斯[①]的《爸爸》（“Daddy”）和克雷格·雷恩[②]的《一个火星人寄一张明信片回家》（“A Martian Sends a Postcard Home”），现代和后现代诗歌试图让我们以全新的眼睛观看，更重要的是，以全新的耳朵聆听。

诗对词语痴迷的一方面，我们称之为遣词（*diction*）。所谓遣词，是指诗人选就的独立的词语、词语组合、组词模式以及明喻（simile）暗喻的使用。比如，在前一句中，我用了“选就”（settle upon），而不是相同含义的其他词语。从历史角度看，它比“定下”（settle on）在语法上更易接受，可能在有些人听来，“定下”更现代。我的选择你可能听来完全没问题，或者觉得有那么一点僵硬；你的反应显示出来的，不只是我的选择，还有你自己的阅读或语言经验。

词语中吸引我们注意力的成分有很多。我们倾向于从意义，

---

① Sylvia Plath（1932—1963），美国重要现代诗人，作品有《巨人及其他诗歌》和自传体小说《钟形罩》。

② Craig Raine（1944— ），英国诗人，与克里斯托弗·里德（Christopher Reid，1949— ）同为火星派诗歌运动的重要倡导者。火星派致力于表达世界、社会和物体中呈现的异化感，有时甚至达到玄学的程度，但总体具有简单化的特点。

或者我们称之为语义（*semantic*）层面来考虑词语。还有句法（*syntactic*）层面，也就是说，词语如何与它们的邻居依偎在一起。第三个是美学（aesthetic）层面，可以以不同形式存在。书面语言可以涉及视觉美学。一个词在纸页上看起来如何？是否两头高中间低，或者相反，又或外形比较随意？词中是否聚集着一团辅音，聚在何处？

我们关注得更多的是语言的发音范畴。这几个词听起来如何？轻灵飘逸？坚实沉重？遣词的这一方面，也就是它们的外形和声音，很重要。每种语言的作家，在一句话中的任何地方都有好几个可选的词语。但是英语，作为一种日耳曼语言，从法语、拉丁语、希腊语、印度语、阿拉伯语、西班牙语、汉语、日语、丹麦挪威语、因纽特语、阿尔冈琴语[①]以及任何其他有过接触的语种中都吸收了词汇。英语还有一种恼人的习惯（或者令人愉快的习惯，得看你的视角），就是必要时直接造词，用其他语言、俚语、专业术语，甚至缩写词作为制造新词的基础材料。结果，英语作家挑选实词（那些除去 the、an、a 这类的冠词，以及如“和”“或”“之下”“之上”这类形形色色的连词、介词之外的词）时，选项多得令人眼花缭乱，而那些选项总会传达自己不同的故事。这个词是长还是短？是可以追溯到古英语的传统词汇，还是更新的外来词？有多新？哪种外来语？你知道，希腊语（Greek）和极客语（Geek）是不一样的。

即便你对诗歌没兴趣，也能看出历史对语言是有影响的。如果你曾经接触过遗嘱——到人生某阶段，不接触遗嘱的人是少见的——你就会看到这样的短语，“give bequeath and devise”（遗赠）。

① Algonquian，曾生活在如今加拿大中、东部或美国中、东部的北美土著人的语言。

为什么这样写？这得怪征服者威廉。一〇六六年，诺曼底公爵威廉渡过英吉利海峡，在黑斯廷战役中打败英国国王哈罗德，由此改变了世界。关于英语的历史，假如你别的什么都没学过，也得知道这个年份。它标志着我们这门语言从古英语这种你既不会读又看不懂的纯日耳曼语，变成一种蒙上了一层厚厚的法语词汇滤镜的日耳曼语。实际上，日耳曼词语通常更短，更刺耳，被认为更粗野；源于法语的词汇往往更长，更柔和，在社交中更被接受。来自拉丁语的词语长，听起来中规中矩，但那就是另一个故事了。诺曼征服之后，土著（也就是更早的征服者）的盎格鲁–撒克逊人和说诺曼法语的新来者都需要法律文件更清楚明白。“Give”和“bequeath”出自古英语，适用于前者，而“devise”出自古法语，适用于后者。二者之间的语言分野早已消亡，但这些成对的词却保留至今。

这么多词，该怎么用呢？好吧，说到身体机能时，委婉语或正式术语基本上总是源自拉丁语词汇（想想“fornication”通奸，“defecation”排便，“urination”排尿），而粗话要么出自古英语（前两个），要么是古法语借道中古英语（第三个）。别假装你不知道这些词。哦，都是四个字母的[1]。你还觉得这些知识乏味！

想知道为什么应该注意词语选择吗？菲利普·拉金的《去教堂》（“Church Going”，1955）是一首典型的语言朴实的诗，但在这首诗中，说话人将诗中的教堂称作一座“accoutred frowsty barn”（装备完善的霉臭谷仓）。对他这位本身风格朴实无华的诗人来说，这种杂糅颇为引人注目。“accoutred”出自法语，意思类似于“装扮一新”。“frowsty”这个词我从没见任何一位美国作家用过，是

① 分别是 fuck，shit，piss，是更口语化同时也被认为更粗俗的说法。

"frowsy"在十九世纪的变体，而它本身又是十七世纪来源不明的英语俚语词，指发霉或气味陈腐。"barn"（谷仓）是个淳朴平实的词，可以追溯到淳朴平实的古英语，指存放大麦的房屋。无疑，它并不是个可以让我们联想到教堂的词。可回头一想，另外两个词也不是。

诗歌遣词是件大事。实际上，就这一主题，评论家欧文·巴菲尔德（Owen Barfield）发表过一部专著，题目惊人，就叫《诗歌遣词》（*Poetic Diction*，1928），副标题是《对意义的研究》，而他的直接目的就是细究诗性想象是如何运筹词语和暗喻以创造意义的。巴菲尔德是迹象文学社[①]的成员，这个组织中还有C. S. 刘易斯[②]和J. R. R. 托尔金，所以书中谈的不限于文学批评。在这本书中，他研究了诗歌遣词的历史，以证明其中有种意识的演进。此处我们将止步于更明显的问题，即词语的选择和布局如何影响诗歌。

且慢。你是说我们要为一大堆花里胡哨的虚饰绞尽脑汁吗？

根本不是，遣词咋是虚饰呢，伙计？看到我在这里是怎么做的了吗？不正规的"咋是"，用"伙计"这种口语化的称呼，这就是遣词，而且不是我在这种情况下常用的说法。

那遣词到底是什么呢？

用新闻的五W——何人（Who），何事（What），何时（When），何地（Where），还有如何（How）——中的四个来考虑遣词。当然啦，所有这一切都引向为何（Why）。作者用什么词？

① The Inklings group，又译为吉光片羽社，淡墨会社，是20世纪三四十年代成立于牛津大学的非正式作家讨论小组。

② C. S. Lewis（1898—1963），英国著名的文学家、学者、批评家，在文学、哲学、神学各领域都有建树，在中古及文艺复兴时期的英国文学方面造诣尤深，文学作品有《纳尼亚传奇》系列。

他在何时把这些词置于句子（或者片段中）的何处？在我们的阅读中，这些选择如何影响我们在这个过程听到的东西？最终我们想尽可能搞清楚作者为何那样选择，但只能通过一种文学的逆向工程来达到这一目的。华兹华斯说过："我们谋杀是为了解剖。"但现实是，我们解剖是为了理解。顺便说下，这通常不会导致病人丧命。

我们能够读诗歌和其他文学——或自以为能够读——因为词语的作用多少具有稳定性。形容词也许会前置或后置，但总是紧挨一个事物，一个名词或代词，它的作用是描述性的。我们不难理解像《普通人》（*Ordinary People*）或《卑鄙的我》（*Despicable Me*）这样的电影标题，因为我们总是看到或听到形容词这样用。无须知道"形容词"这个词，这种功能早在人们理解词性之前就很清楚了。名词、动词、副词、连词亦是如此：它们基本上都有稳定的形式。偶尔，文化会挑出一个名词用作动词，经常会让人大感错愕，就像我们这个时代的"impact"（影响），或十六世纪的"share"（份，股份，分享，分担），后者在那么久之前便被用作动词，以至于我们以为它一直既是名词又是动词。这类语言的地震活动每个时代都在发生，但是极少导致房倒屋塌或牲畜伤亡。我们多半都深信，语言建造在磐石之上。

什么词性？

但是，当有人把这些确定性打碎之后，会发生什么呢？

anyone lived in a pretty how town[1]

(with up so floating many bells down)

spring summer autumn winter

he sang his didn't he danced his did.

"或人"住在一个很那个的镇上

（有这么升起许多的钟啊下降）

春天啊夏天啊秋天啊冬天

他唱他的不曾，他舞他的曾经

（余光中译）

即便从没见过这首诗，假如你对E. E.卡明斯稍有了解，就会肯定罪魁祸首非他莫属。他对名词动用、动词名用的喜爱是人所共知的，但是在这首诗中，活用词性只能算是他最轻的罪行。全诗我们以后细讲，眼下，咱们先仔细分析这前四行，其中体现了他动摇语言根基的大多数手法。如果说第一行意思不明，词序倒是可以理解的。假如我们用差不多任何人称代词或专有名词——"他""他们""萨姆""她"，主语和动词搭配起来完全没问题。那个有疑问的"how"（那么，怎么，如何）也是如此："镇子"前面需要一个形容词，而不是副词——一个美丽的农场小镇，一个美丽的郊区小镇。你明白的。"怎么"小镇？不大理解。就像开头的"anyone"（任何人），或多或少需要我们细致地用其他可能代替，正因为它是

① 第一行中的"pretty"可做两种理解：一是做副词，表示"很，相当"，二是做形容词，表示"美丽的，漂亮的"。两者各有道理，译成中文却难以两全，余光中和邹仲之等理解为前者，常耀信等理解为后者（"无名之辈生活在美丽的怎样镇上"）。

那么笼统。“anyone”通常需要跟“可能”或“或许”搭配：任何人都可能被原谅，也许任何人都会想，也许任何人都会同意，“任何人”同“lived”（住，生活）这类动词一般过去式搭配是不恰当的。

诗的第二行把词序完全抛出窗外：“with up so floating many bells down”。这句的意思可能是，也可能不是“with so many bells floating up and then down”（那么多钟声上下飘荡），但正如克林斯·布鲁克斯[①]几十年前指出的，改述诗歌乃是大逆不道之举。不管怎么说，关键是这一行诗本身说了什么——当然还有如何说的。因为真正重要的是，无论多么不可理喻，“so”（那么，如此）竟然出现在“up”和“floating”中间。假如它出现在后面，比如说“floating many so bells down”，结果将会大相径庭。我能不能讲讲两者间的区别？别傻了，没人讲得明白。因为写出来的就是它要讲的。而我们能看到的，就是写出来的东西。

第三行好像够明白，“春天啊夏天啊秋天啊冬天”，如此而已。也许有点让人吃惊，这诗中竟然还有正确自然的语序，可的确有。它重复出现，贯穿全诗，不同季节出现在开头，从春到秋，最后以夏天开局，但依然保持顺序，暗示时间的流逝。但之后顺序消失，出现的是大手笔的动词名用：“he sang his didn't he danced his did”（他唱他的不曾他舞他的曾经）。从语义学角度看，这一行似乎毫无意义。我们的耳朵告诉我们，我们需要名词代替“didn't”/“did”，“忧伤”/“快乐”可以，甚至“自我”/“本我”也行。当然，这提醒我们，这个从句在结构上无可挑剔，只是看

① Cleanth Brooks（1906—1994），20世纪美国极具影响力的文学批评家，“新批评”派的重要成员，主要作品有《理解诗歌》（与罗伯特·潘·沃伦合著）、《理解小说》（与沃伦合著）、《精致的瓮》和《现代诗歌与传统》等。

起来莫名其妙。但是假如我们花点时间思考，终归还是能发现点含义的。“Didn't”和“did”可以指否定和肯定，或者不作为和作为，甚至指不存在和存在。如果我们倾听这些词传达的含义，而非固守传统的模式，就能从这一行中看到很多可能的含义。通过拒绝词的功能，转而选择其潜在的暗示，卡明斯转变了语言范式。这很好，因为这种转变贯穿这首诗后面的部分，这一点我们后面会看到。

在结束这一部分之前，公平说来，我们得承认，虽说这首诗让人困惑不解，可整个过程还是蛮好玩的。也许好玩之处正在于困惑。好玩半是因为困惑。这就是卡明斯魅力的奥秘所在：他让你迷惑，又让你莞尔。

像自己人那样说话

社会契约也可以因使用方言而遭受冲击。预料之内的常用词语，我们能猜个八九不离十；我们不知道的，可能是源自其他语言传统的词语，无论是出于其他族裔、地域还是国家，即便表面上看都是英语。这样的用法或许看似是在故意为难大多数读者，而且的确可能产生这样的效果。可那我们就得解释一下，为什么罗伯特·彭斯[①]还一直是最受欢迎的英语诗人之一。你是否知道，除莎士比亚之外，还有哪位诗人的生日为大众所知（你若不是苏格兰人或加拿大人，提醒一下，他的生日是一月二十五日），并被当作国际性节日庆祝的呢？每年的新年前夜，他最著名的那首诗就会被喝得醉醺醺的人们呜里哇啦地乱唱。你唱唱《普鲁弗洛克的情歌》试

① Robert Burns（1759—1796），英国浪漫主义时期伟大的苏格兰乡村诗人，作品多以苏格兰方言创作。

试。彭斯的方言诗的特点是，诗往往分为几部分，中间零星点缀几处看不懂的地方，但也能猜个大差不差，就像《写给小鼠》（“To a Mouse”）中这关键的两节：

Thy wee-bit heap o' leaves an' stibble
Has cost thee monie a weary nibble!
Now thou's turn'd out, for a' thy trouble,
  But house or hald,
To thole the Winter's sleety dribble,
  An' cranreuch cauld!

But Mousie, thou art no thy-lane,
In proving foresight may be vain;
The best laid schemes o' Mice an' Men
  Gang aft agley,
An' lea'e us nought but grief an' pain,
  For promis'd joy!

这小小一堆树叶和枯枝，
费了你多少疲倦的日子！
如今你辛苦的经营全落空，
  赶出了安乐洞！
无家无粮，就凭孤身去抵挡
  漫天风雪，遍地冰霜！

但是鼠呵，失望不只是你的命运，
人的远见也一样成泡影！
人也罢，鼠也罢，最如意的安排
　也不免常出意外！
只剩下痛苦和悲伤，
　代替了快乐的希望。

（王佐良译）

说话者犁地时翻起了一个鼠窝，导致一场灭顶之灾。小鼠需要这个窝过冬，而人从这场破坏中除了愧疚感，什么也没得到。这两节着重突出这一重要观点，尽管细心谋划苦心经营，结局依旧难逃凄凉。说话者道："这一小堆材料物资，花了你不少心力。可如今，你被逐出家门，努力都白费，而冬天的雨雪酷寒要将你围困。"第一节内容大多还可应付。我们多少能猜出"stibble"和"house or hald"的意思；假如从"to thole"本身看不出什么意思的话，我们可以从"Winter's sleety dribble"（冬季漫天风雪）猜得出，那个词该是"忍受"之类的意思。确实就是。但是我们到底该怎么理解"cranreuch cauld"呢？假如我们以前读过点彭斯的作品，可能就会明白"cauld"是我们自己常说的"cold"（冷）的苏格兰发音。可"cranreuch"我们就无从猜想了。其实，那是"白霜"的苏格兰语，即指凝结的露水。你自己是怎么也猜不出来的，但是结合上下文，你能猜出，对小鼠而言这是某种冷得透心（很可能也冷得彻骨）的东西。

第二节比较明白，除了"lane"表示"alone"（独自）或"on your own"（自己），还有"Gang aft agley"表达传统英语中的

“oftimes go awry”（也不免常出意外），我学的就是这种说法。实际上，那可能是文学中最易懂的怪诗句了，因为我们的文化教给了我们“人也罢，鼠也罢，最如意的安排”后面跟的是哪一句。假如还有什么疑问，最后两行就使这种观念完整起来，“只剩下痛苦和悲伤／代替了快乐的希望。”也许我们无法明白每一行的所有含义，但是肯定能够领会大意。我们发现自己能够读到很多令人啼笑皆非的描述，其中包括说话者将他的受害者称作“Mousie”（小鼠），唤起这对不平等的对手之间的奇怪的亲密感。对某些读者而言，读彭斯诗的部分乐趣正在于方言给平凡事件带来的陌生因素。任何翻过地的人都有过这样的经历——把对我们无害的其他生物连窝端掉，却没有用这样奇异的语言把自己的所思所想表达出来。

方言诗一直是个引人争论不休的话题。用多少方言算过头？它是准确的描绘还是种漫画夸张的手法？它会把不熟悉这种方言的读者排斥在外吗？在方言和标准英语之间来回切换意味着什么呢？保罗·劳伦斯·邓巴经常用美国非洲裔方言写诗，但下面的这首诗，他是用主流英语写的：

Compensation

Because I had loved so deeply,
Because I had loved so long,
God in His great compassion
Gave me the gift of song.

Because I have loved so vainly,

And sung with such faltering breath,
The Master in infinite mercy
Offers the boon of Death.

补偿

因为我曾爱得那么深，
因为我曾爱得那么长，
上帝以他广博的同情
给我天赋，让我歌唱。

因为我爱得那么无望，
因为我唱得气弱声晃，
我主以他无限的仁慈
施我恩惠，赐我死亡。

（王爱燕译）

他的方言诗引起非议，因为可能会给黑人招来恶名，或使他们沦为夸张的滑稽漫画人物。但他想被各种各样的听众听到，而且当他期望拥有白人读者时，是知道怎样写出标准英语的。这首诗的第一节被用作建筑铭文，刻在邓巴故乡俄亥俄州代顿都会图书馆的主馆外墙上。我青年时代曾读过多次，并为知道我所在的蓝领社区出过一位诗人备受鼓舞。图书馆很明智地略去了不那么鼓舞人心的第二节。我把这首诗引用在此，不是作为研究材料，而是在必要情况下当作证据，说明邓巴是完全有能力用标准英语写作的。他可能更以方言诗而知名，他将这种诗称作“少数派”，作为以标准英语所写的“多数派”的对比，但这些方言诗最初发表时颇受争议，而且争议一直没有断过。

所以嘛，词语，让人受不了，还又离不了。华莱士·史蒂文斯[①]写过一首诗，题为《词语造就的人》（“Men Made Out of Words”），可用作词语的赞美诗，调整一下性别，便适用于各地的诗人。陷于同样低劣的材料之中，陷于被律师、宣传蛊惑、大学校规、网络话题标签败坏掉的材料之中，诗人们仍孜孜以求，努力创造出新颖的东西。

① Wallace Stevens（1879—1955），美国著名现代派诗人，主要作品有诗集《秩序观念》《弹蓝色吉他的人》《为至高虚构作注》《冰激凌皇帝》等，以及诗歌文论集《必要的天使》等。

第七章
押韵游戏

诗歌用词的另一个主要考量当然是押韵。决定押韵——以及如何押韵，什么时候押韵——不仅会极大地影响押韵的词语选择，也会影响其他所有词语的安排。押韵格式的问题，留到我们讲诗节的时候再讲，目前我们重点讨论以相同或相似的音（有时是貌似相同或相似的音）结尾的词如何创造出一种乐感。讨论押韵时，人们指的往往是押尾韵（*end rhyme*）。这是有道理的，因为尾韵最常见，也最易辨识：

> *Tyger, tyger, burning* bright,
> *In the forests of the* night.
>
> 老虎！老虎！火一样辉煌，
> 燃烧在那深夜的丛莽。

（飞白译）

威廉·布莱克的《老虎》（“The Tyger”）开头两行不光押韵，还是对句，即一对相邻的押韵诗行。押韵的诗行不一定非要挨得那么近，它们押韵的模式也可以很复杂，但眼下，我们还是把讨论限制在基本概念上吧。押韵不一定非要出现在不同诗行的结尾；它也可以在一行之内发生，行内的词与这一行结尾的词（有时候出现在下一行）押韵，我们把这种情形叫作行内韵，看出文学学者们发明术语时多有想象力了吧。经常被援引的行内韵例子是埃德加·爱伦·坡的《乌鸦》（“The Raven”），诗的第一行是：“Once upon a midnight *dreary*, while I pondered, weak and *weary*”（从前一个阴郁的子夜，我独自沉思，慵懒疲竭）。确实，这两个词韵律十分和谐。可话又说回来，这例子又像是作弊。坡在这里是把两个押韵的短行接起来，于是韵就落在行中和行尾，而不是对句了：

Once upon a midnight dreary,
While I pondered, weak and weary . . .

从前一个阴郁的子夜，
我独自沉思，慵懒疲竭……

他那样排列呢，也没什么不对，而且还省纸，少糟蹋几棵树。但通常情况下，行内韵只是偶尔出现，就像在下面的例子中那样。但坡用的韵，确实在这首害热病般的诗中制造出一种魔咒般的共鸣。

尾韵和行内韵并不相互排斥，就像《麦克白》中女巫提醒我们的：

Double, double, toil and trouble,

Fire burn and cauldron bubble.

不惮辛苦不惮烦，

釜中沸沫已成澜。

（朱生豪译）

听起来很妙，其中蕴含各种趣味。首先，第一行中的“double, double”和“trouble”是行内韵（还是三个！），接着又和第二行的“bubble”形成尾韵。而且莎士比亚将“double”重复，又是全同韵（*identical rhyme*）。这种重复如果出现在英文行尾，往往会令人不悦，但像这样在行内重复，就更容易接受。除此之外，这还是阴韵（*feminine rhymes*），指两个或更多音节押韵。假如行尾用的是“trouble”和“rumble”，也算押韵，要是你把标准定得不是很高的话，因为虽然第一个音节不押韵，可最后音节还是押的。为公平起见，我们把这种情形称作斜韵（*slant rhyme*，又译作不完全韵），意思是只勉强算押韵，但仍然达标。

押韵格式以各种形式呈现，可以有各种用法。比如说，你想写首长诗，希望它能在一页一页蜿蜒下行时仍有贯通之感。你也许希望用某种环环相扣但又简单的押韵格式。你可能决定留点空行会是不错的办法。那样的话，你也许可以试试三行诗节，第一、三行押韵。那如何环环相扣呢？韵脚滞后（Carryover）。如果你把不押韵的第二行的行尾用作第四行的韵，它就成为第二节的第一行，这也就意味着那个韵还会在那一节的第三行出现，中间再留下一个孤行。这样形成的押韵格式就会像这样：ABA-BCB-CDC-DED-EFE-FGF-GHG，以此类推。在这里我们便能发现做诗人比当文学专业的学生更有优势：诗人不用记住这种韵的名称，他只须确立这种模式，一行行写下去就好了。这种模式很好用，你可以用它连缀起一首很长很长的诗。我们怎么知道？因为这种格式由来已久。一三二〇年，但丁·阿利基埃里用它写了《神曲》。早在十四世纪，这种格式被杰弗里·乔叟使用，之后便以闪电般的速度闯入中世纪的英语诗歌。这种诗体名叫三连韵（*terza rima*，意思是第三行押韵，直译听起来很傻，因此英语术语也延用了意大利语命名），几世纪以来几乎每个诗人都用过，从约翰·弥尔顿到珀西·比希·雪莱，T. S. 艾略特，托马斯·哈代，再到 W. H. 奥登，等等等等。

最初的三连韵范例是但丁的《神曲》，你如果跟我一样的话，是读不懂的。那看首我们读得懂的如何？罗伯特·弗罗斯特的《熟悉黑夜》（"Acquainted with the Night"）怎么样？但丁的作品是史诗，其长度很适合以这种押韵格式引领读者读下去。所幸，下面这首不是史诗：

I have been one acquainted with the night.
I have walked out in rain—and back in rain.
I have outwalked the furthest city light.

I have looked down the saddest city lane.
I have passed by the watchman on his beat
And dropped my eyes, unwilling to explain.

I have stood still and stopped the sound of feet
When far away an interrupted cry
Came over houses from another street,

But not to call me back or say good-bye;
And further still at an unearthly height,
One luminary clock against the sky

Proclaimed the time was neither wrong nor right.
I have been one acquainted with the night.

我早就已经熟悉这种黑夜。
我冒雨出去——又冒雨归来。
我已经越出街灯照亮的边界。

我看到这城里最惨的小巷。
我经过敲钟的守夜人身边，
我低垂下眼睛，不愿多讲。

我站定，我的脚步再听不见，
打另一条街翻过屋顶传来
远处一声被人打断的叫喊，

但那不是叫我回去，也不是再见；
在更远处，在远离人间的高处，

有一樽发光的钟悬在天边。

它宣称时间既不错误又不正确。
但我早就已经熟悉这种黑夜。

（赵毅衡译）

这是一首很优美的诗，很值得讨论一下它的结构和意义，但眼下我们重点看它的押韵格式。而最简单的做法是把押韵的词抽出来看：

Night （A） 夜
Rain （B） 来
Light （A） 界
Lane （B） 巷
Beat （C） 边
Explain （B） 讲
Feet （C） 见
Cry （D） 来
Street （C） 喊
Good-bye（D） 见
Height （A） 处
Sky （D） 边
Right （A） 确
Night （A） 夜

第一眼看上去，这似乎像是规范的 ABAB 押韵格式，但接着我们注意到三点。第一点，押韵的词出现了三次。第二点，A 韵除外，它出现在第一、三、十一、十三和十四行。第三点，A 韵在最后的重复出现，尤其是最后的对句，意味着这首诗将不再继续。

你说什么？十四行诗？你注意到了，太好了。是的，是十四行，抑扬格五音步等等等等。这是避开彼得拉克体和莎士比亚体而用三连韵写就的最著名的两首十四行诗中的一首。另一首是珀西·比希·雪莱的《西风颂》。但是各位，这会儿我们还是只谈押韵吧。或叫步韵（rimes）。如果你感觉这是隔行押韵，很好：你找到大体的感觉了。但它和标准的 ABAB 韵的区别在于，从第二、四、六行（“rain” / “lane” / “explain”）开始并持续全诗的连贯特征提供了向前的推动力。因为总有另一个韵词出现，我们意识到的任何韵，它都会延伸，超出我们的预料。听到“rain”，后面冒出“lane”的时候，我们多少有些满足，但接着趁我们不备又蹦出“explain”，这延长了我们的体验，哪怕只是一小会儿。差别主要产生在听觉上。眼睛看到三个相似的词，没有问题，但是我们的耳朵却习惯于听到词语两两押韵。假如听到三个韵，这就会改变我们与这首诗的关系。而押韵格式的本质，我们稍后将会看到，对于组织诗中的信息起着关键的作用。

然而，假如要谈论韵律诗，就得有可与之相比较的东西，好让我们知道韵律诗的特殊之处。这个可比较的形式叫素体诗（*blank verse*，又译作无韵诗）。这是什么呢？“素”在这里就是“无韵”的通行说法。

这么说，你要在讲押韵的一章里讲不押韵的东西？

是的，没错。实际上，押韵诗和素体诗之间的关系可能比你想象的更密切。首先说明，这里我们谈论的不是自由诗，自由诗通常也是不押韵的。这里的“自由”是指不设置常规的限制，包括对于韵律、诗行长度、诗节的安排以及作诗的总体规律。相对而言，素体诗遵循常规，只有一条主要的例外：不押韵。

英语中素体诗的第一次使用，似乎是萨里伯爵亨利·霍华德[①]翻译维吉尔的《埃涅阿斯纪》，一五五四年至一五五七年间出版。他使用素体诗可能有充足的理由：原诗就是不押韵的。古典诗歌，无论是荷马的希腊语诗，还是维吉尔的拉丁语作品，都不押韵。至于其原因，真正懂那些语言的人大概有一定的见解。一旦伯爵教给大家如何不押韵，英国诗歌就热情拥抱了素体诗。莎士比亚的大多数戏剧，和与他同代的先行者克里斯托弗·马洛（1593年去世）的大多数戏剧一样，用的就是素体诗。约翰·弥尔顿最伟大的著作《失乐园》（1667年），用的就是不押韵的抑扬格五音步，同样的还有浪漫主义时期的威廉·华兹华斯写的《丁登寺旁》（“Tintern Abbey”），塞缪尔·泰勒·柯勒律治的《这棵菩提树是我的监狱》（“This Lime-Tree Bower My Prison”），约翰·济慈的《海披里安》（“Hyperion”）和雪莱的《解放的普罗米修斯》（“Prometheus Unbound”）。各种各样的现代诗人，诸如华莱士·史蒂文斯、W. B. 叶芝、罗伯特·弗罗斯特和 W. H. 奥登都写过素体诗。这类诗有很多。有多少？在《诗歌韵律与诗歌形式》（*Poetic Meter and Poetic Form*）中，保罗·福赛尔（Paul Fussell）估计：“所有英语诗歌中大约有四分之三是素体诗。”所以说，很多。

---

① Henry Howard（Earl of Surrey，1517?—1547），英国诗人，与托马斯·怀特一起将意大利人文主义诗歌的风格和韵律引进英国，为英国诗歌的一个伟大时期奠定了基础。

不是自由体，而是素体。有趣的是，实际上所有的素体诗都是用弥尔顿采用的那种格律写成的，即抑扬格五音步。并无神圣法律命令人这样选择——好像其实根本没做选择。可结果就是这样。虽说抑扬格五音步在英语诗歌中极为普遍，可与它在无韵诗中的普遍性相比，就算不得什么了。

如此说来，这是否意味着那些诗听起来都千篇一律呢？完全不是。创作结果与创作者一样五花八门，从莎士比亚和马洛到艾德丽安·里奇和罗伯特·平斯基。

但是，所有时代写素体诗的所有作家有一个共同点：他们必须避免押韵。说得清楚点，是他们必须避免押尾韵。行内韵，还有半谐韵、辅韵、头韵还是可以用的。但是一旦你打定主意写一首素体十四行诗，相邻诗行的韵脚应和就不再如银铃般和谐，而是像破钟一般刺耳。你说那很容易？找时间写首试试。（用坡的话来说）有个爱跟人作对的小淘气，偏在你不想押韵时，蓄意给你搬出押韵的词来。文学中最难的任务是写押韵的诗歌，但是有意——而且执意——写不押韵的诗，其难度紧随其后。

这就引出关于素体诗的最后一点。我们倾向于认为素体诗主要是叙事诗或舞台诗剧的工具，但它可以以许多形式存在。是的，没错，确实有素体十四行诗。十四行，可能在开始的八行和收束的六行之间有分隔。但诗人得想办法标明这个分隔，因为传统的方式，即用一个押韵格式结束、另一押韵格式开始这种方式，在没有韵的诗中是行不通的。所以还得想其他办法。其他诗体也是如此：只要押韵不是那种诗体的主要组成部分，就有可能将它写成无韵诗行。不管怎么说，有时候是可能的。希尼写过至少一首无韵的三连韵诗，这样叫有点怪，因为名称里还有个“韵”字。

素体诗听起来什么样？差不多是你想让它成为的任何样子。下面这首是关于思想与回忆的最伟大的诗篇之一，威廉·华兹华斯的《丁登寺旁》：

Five years have past; five summers, with the length
Of five long winters! and again I hear
These waters, rolling from their mountain-springs
With a soft inland murmur.—Once again
Do I behold these steep and lofty cliffs,
That on a wild secluded scene impress
Thoughts of more deep seclusion; and connect
The landscape with the quiet of the sky.

五年过去了，五个夏天，加上
长长的五个冬天！我终于又听见
这水声，这从高山滚流而下的泉水，
带着柔和的内河的潺潺。
——我又一次
看到这些陡峭挺拔的山峰，
这里已经是幽静的野地，
它们却使人感到更加清幽，
把眼前景物一直挂上宁静的高天。

（王佐良译）

其实，这首诗的完整标题是《1798 年 7 月 13 日于怀河岸边丁登寺上游几英里处重游所写的诗行》。嚯！明白为什么用缩写了吧。假如说哈姆雷特是在独白（也是用素体诗）中和自己辩论——忧心忡忡，有时激烈狂暴——那么华兹华斯则是沿着记忆的小径漫步，俯瞰着一条河流。和戏剧独白一样，这首诗，半是颂诗，半是内心独白，用严谨的十音节诗行写成，尽管比起仍占主流的抑扬格五音步，其形式更加松散——十个音节，但并不一定是五音步。其声音图景更柔和，更圆融。比如前三行几乎没有硬辅音（hard consonants），而硬辅音都是在词中间或结尾。比如这两句："Five years have past; five summers, with the length / Of five long winters!"（五年过去了，五个夏天，加上 / 长长的五个冬天！）重复出现的"five"提供的那些 *f* 和 *v* 音发出的颤动，又被 *m*/*n* 音以及齿擦音和流音 *r*/*l* 所柔化，所有一切仿佛都落在松软的枕头上，"With a soft inland murmur"（带着柔和的内河的潺潺）。在此，激烈的语言不适合华兹华斯的用意，因为他的目标只是"在宁静中回忆起强烈的感情"（"powerful emotions recollected in tranquility"），正合他在别处所描述的诗歌的目的。哈姆雷特的话语是慷慨激昂的，适合舞台表演和那一时刻的情景；华兹华斯的诗歌是沉思和内省的。押韵？何必呢？

最终我们从素体诗中学到的是，押韵不是诗。押韵是一种选择，至少在英语中如此，尽管在其他语言中并非都是这样。不仅如此，押韵早在初期就已出现。自从古英语让位于盎格鲁－撒克逊语与诺曼法语的融合，并且后者成为我们语言的那一刻起，韵律就进入了我们的诗歌。所以当有人提到"不押韵就不是诗"或类似说法时，一方面这让我听着别扭，另一方面我也明白这种念头从何而来。期望诗歌在韵律可能性之内翻出花样并没有错，但是认为我们语言中只有那些押韵的才算诗，就不对了。哎，我们的语言可是从日耳曼语、法语、拉丁语、西班牙语、盖尔语、非洲语言、印度语、波斯语、阿拉伯语以及美洲土著语言这些根系中吸收了多种词汇营养的，用如此丰富的词汇寻找韵律，简直充满妙趣，而且几乎没有止境。只要避开押韵界的铁杆光棍“orange”[①]就好。

① 英语中没有一个词可以与 orange 押全韵。

第八章

注意谁在说话

我最好还是马上坦白：错在我们，就是我以及几乎所有教诗歌的人。我们当老师的出于粗心，或考虑轻率，甚至只是一不留神，引你们犯了天大的错误。抱歉得很。什么错误？在某些时候，比如谈到罗伯特·弗罗斯特的《未选择的路》，你会说，或者更糟的是，你会写：

“当弗罗斯特说：‘黄色的树林里分出两条路，等等。’”

为什么这样说是错的？因为一首诗歌不是法庭证词、推荐信或情书。我们相信，以上这些东西是现实世界中的真实陈述，反映某人理解的 X、Y 或 Z 方面的绝对真实。如果约翰给玛莎写个纸条：“两点四十五分在学校后面等我。”他最好说话算数，按约定时间出现，而不是下周什么时候再去。一首诗不是真实文件，而是想象的话语。而想象的成分会延伸到说话人的角色。假如我们以为上述说话的角色就是诗人（仿佛诗人是他的名字，约翰·诗人），便可能错失要领。

我知道，学生以及其他人讲到小说时，也把作者和叙述者混为一谈。但即便他们说“梅尔维尔说：‘叫我以实玛利’”，他们也明白说话者不是作者梅尔维尔，而是人物以实玛利。“叫”后面跟着“我”字，将这一点暴露无遗。作者有选择叙述者的自由，就像他可以自由选择一个人物：这个叙述者是他虚构出来的。叙述者呈现人物行为的口吻是严厉批评呢，还是温和而逗趣呢？是高高在上如上帝呢，还是亲密热情呢？听起来如何？是否拥有明确的性别？有很多方面需要做出决定。

是，但叙述者后面是有作者的。我们可以相信这个作者。

你真这么认为？我们感知到的作品后面的作者，和每天早上坐下来喝一碗燕麦粥而不是吃一盘煎鸡蛋的作者是同一个人吗？还是说，这个“作者”也是虚构的？韦恩·C. 布斯（Wayne C. Booth）在《小说修辞学》（*The Rhetoric of Fiction*，1961）中引入了一个极为有用的术语——“隐含作者”，来解释这个可疑的存在。这个隐含作者一方面有点像圣灵，可以感知，却无法直接看到。另一方面，我们最好把它理解为关于小说或故事发展的一种态度，或者一系列态度。这一术语很有用，因为它消除了“作者的真实意思是什么”这样的问题。我们只能通过求助于文本来推测这一幽灵的“用意”。我们也可以清除掉关于“真实”作者的猜想，真实作者对我们而言永远有点不真实，其动机总是捉摸不定。对于非虚构作品而言，隐含作者也同样有用。

你此刻读到的这个声音，是我多年前开始写这套书中的第一本时苦心孤诣创造出来的。它用到了我自己个性中的好几个方面（未必是最好的方面），但它突出了其中的一些方面，隐藏了另外一些。我花了几个月时间摆脱掉一些学术写作的习气，比如一头扎进冗长、详尽的分析（但还不止这些）——这些都是我花费多年苦功才掌握的——与此同时，也突出了我性格中某些可笑的方面，之前为事业发展，我压抑了这些特征。之后我又得把新近释放出来的傻气往回收一收——有人会说收得还不够——好努力达到一个看起来友好、有些贫嘴、（有点）热情，但针对这一场合又有足够权威的我。我依然每天在努力。那个“声音”是我对叙述者的非虚构对应物。这一系列决定最终形成的就是隐含作者。顺带声明一下，我喜欢冷的早餐。

你以为我把诗歌的事给忘了，对吧？这些决定在诗歌中也是要做的。而且同样，有些决定显而易见。当罗伯特·勃朗宁[①]在《我已故的公爵夫人》（“My Last Duchess”）中让那个连环杀妻的邪恶公爵发表自己的见解时，我们看得出那人不是勃朗宁，勃朗宁很爱妻子，也不是公爵。或者在《母亲对儿子说》中，当那位母亲对儿子说“我的人生从没有水晶楼梯”时，我们知道兰斯顿·休斯是男人，所以那不是他真实的声音。讨论诗歌时，我们一般称说话者（*speaker*），而不是叙述者（narrator），因为诗歌不一定讲故事，但几乎总有人说话。很多说话者显然是作品中的人物，很容易分辨出他们是拥有独立生命的。

别的说话者呢？那些很可能是创作者的某种变体的说话者呢？说到这儿，事情就含糊起来。我们选首诗迷最爱的诗：

Two roads diverged in a yellow wood,
And sorry I could not travel both
And be one traveler, long I stood

① Robert Browning（1812—1889），英国诗人、剧作家，以戏剧独白诗而著称，主要作品有《男人与女人》《剧中人》《戏剧抒情诗》《戒指与古书》等。

And looked down one as far as I could
To where it bent in the undergrowth;

Then took the other, as just as fair,
And having perhaps the better claim,
Because it was grassy and wanted wear;
Though as for that the passing there
Had worn them really about the same,

And both that morning equally lay
In leaves no step had trodden black.
Oh, I kept the first for another day!
Yet knowing how way leads on to way,
I doubted if I should ever come back.

I shall be telling this with a sigh
Somewhere ages and ages hence:
Two roads diverged in a wood, and I—
I took the one less traveled by,
And that has made all the difference.

黄色的树林里分出两条路，
可惜我不能同时去涉足，
我在那路口久久伫立，
我向着一条路极目望去，

直到它消失在丛林深处。

但我却选了另外一条路，
它荒草萋萋，十分幽寂，
显得更诱人、更美丽；
虽然在这两条小路上，
都很少留下旅人的足迹；

虽然那天清晨落叶满地，
两条路都未经脚印污染。
呵，留下一条路等改日再见！
但我知道路径延绵无尽头，
恐怕我难以再回返。

也许多少年后在某个地方，
我将轻声叹息将往事回顾：
一片树林里分出两条路，
而我选了人迹更少的一条，
从此决定了我一生的道路。

（顾子欣译）

让我们尽可能把这首优美的诗从毕业典礼的煎熬中搭救出来。《未选择的路》常被用于叮嘱毕业生们不要随大流，鼓励他们寻找自己的新天地，可实际上，这首诗并非如此含义确切，罗伯特·弗罗斯特也是个更加危险的诗人。

从最开始，弗罗斯特就围绕着选择之难建构他的诗。起初，那两条路只是分叉，没有更多描述。但是，说话者已经开始惋惜，选了一条，就斩断了选择另一条的可能性。然后麻烦便开始了。他极目顺着第一条路向远望去，直到视线尽头，然后选了另一条，说它“同样优美”(just as fair)。但是慢着：它可能“更诱人”(a better claim)，因为它“荒草萋萋，十分幽寂”(was grassy and wanted wear)。就在我们刚刚为他终于做出了决定而欣慰时，他又反悔了，说这条路也被往来的行人踩得“差不多”(about the same)，而在那特定的早晨，没有行人的脚步将树叶碾成黑色。接着，保险起见，他又开始两面下注，说他“留下一条路等改日再见”，但是就在眼睛越至下一行的瞬间，他又变了，承认“恐怕我难以再回返”。好啦！到底选哪条？那条路到底是否更加破败？是否更加诱人？到底是更好还是更差？

在我们谈论这个谜题的结局之前，我稍微违规一下，介绍一点诗人的真实情况。弗罗斯特说他这首诗的灵感来自于他旅居英格兰时期的邻居兼朋友，同时也是位重要的诗人，爱德华·托马斯。据弗罗斯特说，托马斯面临两个选项时永远举棋不定。托马斯在每次进行选择时的痛苦可以被看作诗人写出说话者困境的灵感来源。但好在这首诗的大多数读者都没有意识到，而且将来也不会意识到爱德华·托马斯这个人的存在，我们就不必把他当作一个重要因素。他仍然给我们的阅读增加了一点乐趣，但这改变不了下面的事实。

对这首诗的常见解读把最后一节缩略为最后两行：“而我选了人迹更少的一条／从此决定了我一生的道路。”这句话本身就有问题：根据他前诗所说的，这条路真的少有人走吗？“决定了我一生的道路”指的什么？在我看来，一般的解读依赖于根本不适用于这首诗的传记材料，即弗罗斯特受到了尊重和赞扬，还得到了不少荣誉学位和诺贝尔奖。只可惜弗罗斯特创作这首诗的时候，还没有发表过作品，而是正为他的第一本书努力收集材料。当他讲述他这一美化版的故事时，还不知道“多少年后”自己将身在何处呢。

这种解读更大的问题在于它略去不提的内容。最后的一节是一个整句，略去它开头的从句就无法领会重点。说话者说“也许多少年后在某个地方／我将轻声叹息把往事回顾”。换言之，本诗的计划是从这一时刻中引发出故事，无论结局可能如何。那一声“叹息”，恰恰注入了适度的惆怅。一声叹息可能表示无奈，或后悔，或满足，或疲惫，取决于具体的人物与情境。在这首诗中，结尾有很多的疑问，它暗示一种回顾，追忆，或者更甚是一种怀旧。而它所不能表示的则是真实。说话者说的是：“在某个未知的时间，在某处尚无法预测的地点，我将讲述这个关于自己的故事。无论事情结局如何，我都会用这一决定来解释我旅程的轨迹。”他甚至不知道将来是否会讲起这件事。可那并不重要。重要的是他可以将这件小事变为某种更大的，甚至改变人生的事件。假如我们选择将他的意思理解为这一选择决定了他的成功，那他也奈何不了我们，但他也无须赞同，更可能是持恰恰相反的态度。

要知道，弗罗斯特是个道德家，要不然怎么解释下面这句话？“这些诗是以寓言（parable[①]）写成，为的是不让那些不该懂的人看懂，并因此得救。”当真？“得救”？没错，他就是这么说的。再

① 尤指《圣经》中的寓言故事，偏道德、宗教寓言。——编者注

加上“寓言”和“不该懂的人”，听上去他对读者可不友好。他确实就是这样。几乎所有他被人们熟记的诗句说的都不是引用者以为的意思。想想他最出名的诗句：“好篱笆造出好邻家。[①]”是的，这是《补墙》（“Mending Wall”）的结尾，但是出现在结尾并不意味着弗罗斯特相信这句话。甚至诗中说话者也不相信，他是在引用邻居的话。而此前他把邻居比作“一个旧石器时代的武装的野蛮人”，暗示他是智力和见识都有限的人，一个“在黑暗中摸索”的人。简言之，他在取笑这位邻居。但他让他重复这句话，仿佛这句话道尽了一切。把这一行当作从这首诗中获取的主要信息，正是没有得救的完美例证。但是说话者自己可能有点自鸣得意，很想说是“鬼”打掉了墙上的石头。出于讨论的目的，我们要区分两点，一方面是说话者——同时也是一个人物——和他的邻居，两者都是诗人不完美的替身；另一方面，这个更加模糊的人物，隐含作者，仿佛对两个人都心存怀疑。这样解读的话，该如何理解这首诗就不像乍看时那样清晰了。没错，对邻居的观点我们基本可以不予理会，但他的观点是否可能比说话者愿意承认的更有道理呢？而且，说话者自己的观点又有几分正确呢？这里还有很大的阐释空间。我们最好记住，在一首诗的说话者和隐含作者这位幽灵替身之间，总是有些区别的。

好吧，可是那些以更加私人化的方式介入诗歌的诗人呢？那些不像弗罗斯特这般寓言化的诗人呢？这包含某些浪漫派诗人，尤

① 此处及下面引用的《补墙》中的句子出自梁实秋译的版本。

其是华兹华斯，还有这一传统在后世的化身，像垮掉派和自白派诗人。准确地说，像西尔维娅·普拉斯这样仿佛完全活在诗中的诗人，她和诗的内容是什么关系呢？这些诗人，还有与他们类似的诗人，具有很强的自传性，普拉斯就是自白式的（*confessional*）。在他们的作品中，假如有对真实加以过滤处理，也几乎是不可见的。前面我们读过华兹华斯的《丁登寺上游几英里处重游所写的诗行》，以此诗开头为例：

Five years have past; five summers, with the length
Of five long winters! and again I hear
These waters, rolling from their mountain-springs
With a soft inland murmur.—Once again
Do I behold these steep and lofty cliffs,
That on a wild secluded scene impress
Thoughts of more deep seclusion; and connect
The landscape with the quiet of the sky.

五年过去了，五个夏天，加上
长长的五个冬天！我终于又听见
这水声，这从高山滚流而下的泉水，
带着柔和的内河的潺潺。
——我又一次
看到这些陡峭挺拔的山峰，
这里已经是幽静的野地，
它们却使人感到更加清幽，

把眼前景物一直挂上宁静的高天。

（王佐良译）

与弗罗斯特的诗相对照，这首诗未经过那么多的过滤调适（*mediated*），仿佛它不是思绪的迸发，而是直接由诗人的心灵中喷涌而出。与华兹华斯同属浪漫派的诗人也坚持这样的立场（我们必须把拜伦勋爵排除在外，他很擅长保持距离）：宁可被看作质朴无文，也不愿被当成冷漠无心。这种美学立场基本是对之前大致一个世纪的诗歌的反抗，那时候诗歌都是关乎思想、逻辑和才智的。华兹华斯及其同道希望诗歌抒写情感，充满灵性，这一点延伸发展成了他们对“乡野”和“童稚”的崇拜，两者都被认为是未经现代性和世故所沾染的。毕竟，短诗《我心雀跃》（“My Heart Leaps Up”）中那句“儿童乃成人之父”就出自华兹华斯笔下。这首诗暂且放下，我们先看看《丁登寺旁》，诗中强调自从上一次旅行，五年已经流逝，诗中赞美这段河流的蛮荒、僻静、远离尘嚣。但开篇的几行即揭穿了谎言，这首诗并非某种未经调适的心声。他内心的情感是真挚的，这一点不要搞错，但远不是他想暗示的那种自发的涌溢。毕竟他也已经花了五年的时间思索那些情感，思索如何以最好的方式表达。确切地说，这并非他在别的诗中所言，是“强烈感情的自然流露”，而是这句话的后半部分，“它来自在宁静中回忆起的情感”。这并非缺点，也不是说这是首失败之作，或说它“不真实”，这只表明这是一篇艺术作品，而非日记。毕竟，在《我心雀跃》的结尾，他并没有说自然虔诚的意念把他生涯的每个日子连串起来，而是“愿自然虔诚的意念／将我生涯的每个日子连串起来”（I could wish my days to be / Bound each to each by natural piety）。这个“愿”字包含着天壤之别。

自白派诗人基本也是如此：普拉斯、安妮·塞克斯顿[①]、罗伯特·洛威尔[②]、W. D.斯诺德格拉斯[③]和约翰·贝里曼[④]等。是的，某种程度上，他们坦露心迹，比如普拉斯在《爸爸》中啼血，我们读来也撕心裂肺。而与此同时，收入她诗集《爱丽儿》（*Ariel*）中的诗也有很多虚构的成分，比如她把自己的父亲以及丈夫泰德·休斯写成身着黑衣、腰扎皮带、足蹬马靴的纳粹。我们若想否认活生生的诗人和说话者（还有隐含作者）之间的差别，就只能把那些诗归结为疯狂的产物，只是狂热的梦魇的记录，而不是艺术，但这样的看法严重贬低了这些诗的伟大。说到梦境，贝里曼更加深入，他让一个叫“亨利”的人物潜入他的《梦歌》（*Dream Songs*）之中。《77首梦歌》（*77 Dream Songs*）最初的读者倾向于把亨利等同于贝里曼，这样的看法他在后续诗集的序言中明确否认过。所以说，在艺术家和诗歌之间总是至少还有一点点的距离。

多少距离呢？啊，问题的关键便在此。距离关涉反讽。存在于诗人与其作品中生动活现的巧思之间的距离是反讽的一种形式。弗罗斯特的距离很大；华兹华斯的距离略小。但那不意味着华兹华斯或普拉斯没有反讽，只是他们对反讽的容忍度较低。我想，这一点解释了为什么华兹华斯和他的同道们排斥十七世纪的玄学派诗人（想想约翰·邓恩和安德鲁·马维尔）。那些诗人的作品充满风趣、

---

① Anne Sexton（1928—1974），美国自白派女诗人，现代妇女解放运动的先驱之一，1967年因诗集《生或死》获普利策奖。

② Robert Lowell（1917—1977），美国自白派诗人，重要诗集有《威尔利老爷的城堡》和《人生研究》。

③ W. D. Snodgrass（1926—2009），美国自白派诗人，其诗集《心的指针》获普利策奖。

④ John Berryman（1914—1972），美国自白派诗歌奠基人之一，代表作有《77首梦歌》。

智慧和反讽；也正是因为同样的原因，那些早期诗人在艾略特、史蒂文斯——对，甚至还有弗罗斯特——的时代又重新回归。我们在这里所说的反讽就是诗人所知所想与他允许诗歌所说所诉之间的差距。有的诗人会突出那种差距，其他人则会把差距藏得很深。但无论埋藏多深，它总是存在的。有时候我们只须看得稍微仔细些。以及认真倾听那位说话者。诗人的声音是响亮的乐器，但更响亮的是诗的声音。

第九章

格局方正，即为十四行诗

每当我问全班，某首诗是用什么形式写的，答案总是相同：十四行诗。为什么？因为十四行诗是唯一一种我能指望他们知道的抒情诗体。或说他们需要知道的。难道认不出回旋诗（rondeau），生活质量就会大打折扣？这就是我的想法。另一个原因是，没有其他任何一种诗体会像十四行诗那样丰富多样，那样无处不在，那样变化多端，其篇幅又那样小巧可爱。

我第一次告诉学生某首诗是十四行诗时，一半人都恍然大悟似的感叹说，对啊，另一半则会问我，你怎么这么快就知道的呢？我告诉他们，我注意到了诗的形状，就数了数有多少行。什么形状？他们问。这个嘛，我答道——停顿了一下，好让这一刻充满悬念——是正方形的。你瞧，十四行诗妙就妙在它由十四行组成，几乎每行总是抑扬格五音步。而英语中十个音节的长度和十四行的高度差不多。明白了吧？正方形。

我猜想，假如你把十个学生关进一个房间，交给他们一首不熟悉的十四行诗，问他们："这首诗你首先注意到什么？"几分钟后，可能会有一个学生写道："是十四行诗，自作聪明的家伙，赶紧放我出去。"其他人则会扎扎实实地写这首诗讲了什么。这不错，但还是错失了一个理解这首诗的关键出发点。相反，假如你把同一首十四行诗交给十位文学教授，把他们关进一个房间，时间按秒算，不超过三十秒，他们都会说："是十四行诗。"或者他们中有九个会说是十四行诗，剩下的一位研究后现代的教授会解构这一阅读经验。但这一猜想很难验证，因为没有一个脑子正常的人会愿意和十个文学教授关在一个房间长达三十秒，即便有十四行诗相伴。但万一这事真的发生了，我估计情况就会是这样。

好吧，不错，你说，这样我就可以认出一种诗体了。可谁在乎呢？确实有很多学生这样问过我，更多学生则出于礼貌没好意思问，但显然也这样想。答案是，那首十四行诗的读者应该在乎。我认为，为愉悦而读诗的人总是应该先读诗，根本无须关注其形式或风格。他们不该先数数这首诗有多少行，或如果押韵的话，看看每行的结尾，找找它的押韵格式。我也认为，读小说的时候不要先偷看结尾。以上，都是针对别人而言。我希望别人不要那样做，因为我希望他们真正享受阅读那首诗或那部小说的过程。而我自己呢，倒是经常打破这两条快乐原则。不过在品尝完最初的乐趣之后，后续其他乐趣中的一种就是看看诗人是如何在你身上施展魔力的。如果这种魔力来自十四行诗，那么至少部分答案就在于形式。

你可能以为，一首只有十四行的诗只能说一件事。你可能是对的：十四行诗不可能有史诗的规模，无法承担次要情节，很难包含大量叙述。但你可能也不全对：十四行诗可以说两件事，它可能也的确就在说两件事。自十六世纪初，十四行诗就在英语诗歌中占有很大比重，它有几种主要形式，还有不计其数的变体。但大多数的十四行诗都分为两部分，一部分八行，另一部分六行。彼得拉克体十四行诗（Petrarchan sonnet）中的前八行（八行组）用一种韵式联系在一起，后六行（六行组）用另一种韵式结合在一起。而莎士比亚体十四行诗（Shakespearian sonnet）则倾向于把诗以四行为单位划分：第一个四行，第二个四行，第三个四行，最后一组只有两行。但即使是这种情况，前面的两个四行组也具有意义上的统一性，后面的四行组和最后的两行组亦然。莎士比亚自己经常在诗尾的对句中申明本诗主旨，但这两句也经常和第三个四行组密不可分。这么多的技术术语，我们这还不是在讨论物理呢——可话说回来，谁又能说一首诗不是经过精心设计的呢？我们不妨把一首十四行诗看作两个意义单位的组合，它们当然紧密相连，不过中间发生了一些变化。有时候，尤其是在现代和后现代阶段，那些意义单位会稍有出入，比如八行组里的意思没说完，就延伸到第九行，可诗的基本结构还是八行／六行。我们来看首诗吧，更妙的是，它还是首十四行诗。

看这首克里斯蒂娜·罗塞蒂[①]的《柳林回声》（“An Echo from Willow-Wood”）：

Two gazed into a pool, he gazed and she,
Not hand in hand, yet heart in heart, I think,
Pale and reluctant on the water's brink,
As on the brink of parting which must be,
Each eyed the other's aspect, she and he,

① Christina Rossetti（1830—1894），英国女诗人，著名作品有诗集《魔鬼集市》《王子的历程》以及童谣集《唱歌》等。

Each felt one hungering heart leap up and sink,
Each tasted bitterness which both must drink,
There on the brink of life's dividing sea.
Lilies upon the surface, deep below
Two wistful faces craving each for each,
Resolute and reluctant without speech:—
A sudden ripple made the faces flow,
One moment joined, to vanish out of reach:
So those heart joined, and ah! were parted so.

(ca. 1870)

他与她，凝望碧水，默默无言，
虽未手相牵，却是心相通，
水畔倒映出，苍白的愁容，
难舍的心绪，涨满离别的池畔；
两双眼，交望着水中的容颜，
两颗心，在渴慕中悸动，
各自品味着必尝的苦痛，
徘徊于人世分离的苦海边缘。
水面，睡莲伴着睡莲，水底
恋恋难分，两张昼思夜念的脸，
去意虽决，万般流连，终是凝噎无言：——
风乍起，面影动荡，随涟漪
一会儿合而为一，一会儿又如此遥远：
恰如两颗心，合在一起，唉，又如此分离。

（约 1870 年）

（王爱燕译）

选择这首诗有三个理由：首先，它已经过了版权期（不要低估文科教授精打细算的能力）。其次，诗中既看不到“尔”“汝”之类的古语，又没有别扭的省略，作为可怜的现代读者，我们可以侥幸躲过其他更古老的诗歌投掷而来的困惑。再者，我喜欢克里斯蒂娜·罗塞蒂，很可能因为她从来不是我的必学内容，而我也认为应该有更多人读她的诗，喜欢上她。

言归正传。我能听到那边有擅长几何的同学说：“喂，可这首诗并不是正方形啊。”没错，但也差不多算，眼睛乍看上去就是如此。那第一个问题是（不准偷看）：这首诗有多少句子？我喜欢问学诗歌的学生这个问题。通常他们会被那一行一行的诗行弄糊涂，注意不到词语确实组成了句子。答案是，两个，你知道，因为你偷看了。第二个问题是：你能猜出第一个句号出现在哪儿吗？

没错，第八行结尾。坐在后排反戴帽子的家伙以为我作弊，挑了一首能证明我观点的诗。我会作弊吗？哦，没错，说不定，但这次没有，没必要。我随手翻开我可靠的维多利亚时期诗歌选，挑出克里斯蒂娜·罗塞蒂的第一首不带“汝”的十四行诗，就是这首。

所以说，八行组是一个独立的意义单位。而诗歌中最基本的意义单位是什么呢？诗行？八行组？非也。如果一首诗尚有可取之处，它的基本意义单位应是句子，就和其他所有文体一样。正因如此，读诗时你若在每行结尾处都停顿，结果就会不知诗篇所云：不错，它不是按行写，而是按句子写的。罗塞蒂在这里要做的就是建构句子，用以表达意思，故而这些句子需要在她选定的诗体，即十四行诗中运作。她的押韵格式别具一格，因为她选择让八行组中的每个四行组重复韵式：ABBA ABBA。然后她又给六行组选了同样特殊的韵式：CDDCDC。在每一组中，押韵形式依然强化了基本的理念，即前八句表达一种意思，后六句表达另一种与之相关的意思。

这就是形式重要的原因，也是教授们关注形式的原因：形式可能确有含义。是不是每首十四行诗都只由两个句子构成？不是，那样该多乏味啊。是不是所有的十四行诗都那样押韵？不是，而且有的可能没有韵式，就像我们前面见过的。但是，诗人选择写十四行诗而非别的，比如《失乐园》的诗体，不是因为懒惰。法国古代思想家布莱兹·帕斯卡曾为写了封长信而道歉，说："我实在没时间写封短信。"十四行诗与此类似，写短诗花的时间要多得多，因为与长诗相比，短诗更需要尽善尽美。

我认为，我们应注意经营篇章所费的良苦用心，方不负诗人，也要理解所读作品的特点，才对得起自己。所以，在展卷之际，关注一下诗的形式吧。

另类押韵方式

如此说来，所有十四行诗都是以两种基本形式中的一种来写的吗？十四行诗的世界一定是彼得拉克体和莎士比亚体瓜分天下吗？我们前不久看过弗罗斯特用三连韵写的一首，无可否认，很罕见，而且会带来某些非同寻常的问题。用这样的韵式写的诗歌大都会以三行一节的形式出现在页面上，每节中间一行都要为下一节的一、三行定韵。你说，有什么大不了，这为什么就有问题了？事实上，问得好，这是个大问题。答案与数学有关。你知道八行组和六行组吧？一个八行组是无法被三整除的，除非伤筋动骨。而在第八行结束一个意思，或一组意思，就意味着这首诗的意义层面要同押韵格式大打出手。又得伤筋动骨！而且，数学会与贯穿整首诗的押韵格式作对，（十四除以三，结果也很难看），所以我们知道那首诗必须以一个对句结束，而对句往往形成独立的总结性观点。那就意味着第一乐章在第九行结束后，留下一个三行组和一个对句。也许可以，但别指望读者会感激你。

好吧，聪明鬼，你又有何高见？

我没什么高见。但是我建议我们看看弗罗斯特，还有在另一首诗中，雪莱，是怎样利用这种形式的。我们在弗罗斯特的诗中看到的基本上是一个单独的乐章，列举一系列说话者感知黑夜的方式。实际上，这一乐章是在第十三行结束的，即钟声“宣称时间既不错误又不正确”。而第十四行，只是第一行的重述。

这种观念，即另类押韵格式会改变十四行诗结构，也延伸到我刚才提到的不押韵的十四行诗领域。是的，存在无韵十四行诗，而且这种形式主要是在现代发展起来的。有些人则依然遵循古老的规则。有时我们认为，英语中第一首无韵或素体十四行诗是 W. H. 奥登的《间谍》（“The Secret Agent”，1928），除了不押韵之外，其他各方面都极为工整——抑扬格五音步，八行／六行的组织结构，等等。而 W. S. 默温后期的十四行诗内容基本表现为一个单独的乐章，或者，如果有两个乐章的话，那其中一个在第八行后也没有中断。他的《五月将尽的早晨》（“Morning near the End of May”）可以解读为包含微妙的转折，出现在本该是六行组的诗行内；而其他的，如二〇一六年创作的《老人的笔迹》（“The Handwriting of the Old”）

或者《早餐的杯子》（“Breakfast Cup”），显然不是那样，它们的陈述在第八行或者更早开始，并且延伸到第九行。哦，有何不可？诗歌实践不是足球规则。一般说来，我们无法预测素体十四行诗采用什么结构，但它们可能会偏离传统。

半韵十四行诗也是如此。这种十四行诗有韵式，但“韵”可能不够完美。这种韵也叫斜韵，有的可能还斜得挺严重。在十四行组诗《泪》（“Lachrimae”）与《为英格兰基督教建筑复兴而辩护》（“An Apology for the Revival of Christian Architecture in England”）中，杰弗里·希尔用“pentecosts”（圣灵降临节）押“quests”（追寻），用“hell”（地狱）押“avail”（利益），用“name”（名字）押“condemn”（谴责），用“hood”（兜帽）押“servitude”（奴役）。都不是全韵，但也完全说得过去。这样写出来的十四行诗，除了韵，还算得上工整，虽说他确实把六行组分成了两个三行组。在组诗《出空》（“Clearances”）中，谢默斯·希尼也在一处同样随意地让“line”（晾衣绳）与“linen”（亚麻）押韵（靠眼睛而不是耳朵判断的近似韵），而在另一处用“Holy Week”（圣周）押“candlestick”（烛台），这肯定是种延伸了。这种漫不经心的做法也多少扩展到诗的结构上。《出空》的八首十四行诗中，只有第六首维持了八行／六行结构，而前三首实际上是通过空行表现中断的，其他四首不是在第八行后转折，而是在第七行的中间或结尾处标明转折。八首中的第五首在中间改变内容方向，用“hand to hand”（手触手）与“cross-wind”（侧风）的半韵完成这一韵，在第九、十行用“happened”（发生）押自韵，于是这首诗就形成一种有点怪的押韵格式：ABABCDCDEEFGFG。好吧，基于极小的样本，我们可以有把握地说，押半韵或无韵的十四行诗没有导致结构的变化，至少不会像用三连韵写的十四行诗那样。而另一方面，它们也可能与实验性相结合，或许会抛弃八行／六行结构模式。考虑到传统韵式鼓励遵循常规结构模式，无韵或半韵十四行诗增加些实验性是有道理的。我们在此了解到的是一件我们一直都清楚的事，即作者是人，而只要是人，所做之事就不可预测。

异想天开的情况

我们一直谈的主要是那些认真对待形式的诗歌。但十四行诗也会逗人开心，甚至是以牺牲形式为代价的开心。下面这首是美国诗人比利·柯林斯创作的《十四行诗》（“Sonnet”），很可能是我们这个时代最著名的一首十四行诗：

All we need is fourteen lines, well, thirteen now,
and after this one just a dozen
to launch a little ship on love's storm- tossed seas,
then only ten more left like rows of beans.
How easily it goes unless you get Elizabethan
and insist the iambic bongos must be played
and rhymes positioned at the ends of lines,
one for every station of the cross.
But hang on here while we make the turn
into the final six where all will be resolved,
where longing and heartache will find an end,
where Laura will tell Petrarch to put down his pen,
take off those crazy medieval tights,

blow out the lights, and come at last to bed.

我们只需十四行，呵，现在是十三行，
在这之后只要十二行
将小船驶入风急浪高的爱情海，
然后只要十行，如同芸豆一排排。
写来多容易，除非要像伊丽莎白时代
硬要敲起抑扬格的小手鼓
还要在行尾把韵脚安排，
十四条苦路路口[①]，个个都得有。
但是且慢，此处我们要转折，
进入解决一切的最后六行，
在这里渴望终结，忧伤不再
劳拉让彼得拉克停下笔来
脱下中世纪滑稽的紧身裤，
吹灭灯烛，终得鸳梦共度。

（王爱燕译）

这种特定的写法形式上十分随意，包括抛弃押韵，诗行长短不一，韵步不同，使诗的形式本身成为诗的主题。这么做好像颇为不敬，对吧？可它又是你迄今读过的对这种诗体的最佳解释。再者，这种不敬是游戏性的，提醒我们形式本身就是一种游戏。在游戏中

① station of the cross，苦路，指罗马天主教教堂内的一系列耶稣受难形象，共十四幅，代表耶稣背着十字架去往骷髅地受难所历经的十四个阶段。这里与十四行诗的行数双关。

获得教益——多好的理念！

柯林斯在这首诗中做的，是用形式来讨论和展示这种形式本身如何运作，同时又将一种典型的主题嵌入其中。前一两次他倒数剩下的行数——大多数被要求写十四行诗的年轻人都这样做过，通常是在交作业的前一个晚上——看起来像是噱头。说“我们只需十四行，哦，现在是十三行”，这一行也许很搞笑，但并不预示着接下来将会是一首言之有物的诗。可即便在倒数的时候，甚至就在他暗示最终主题是爱情的过程中，他也介绍了前八行要确立一个话题的观念。所以当他在第九行说“我们要转折”，走向结局时，他边引领我们走向结局边解释十四行诗的传统结构。开篇时他对十四行诗那么无礼，却将我们引回这种诗体的鼻祖（彼得拉克不是十四行诗的发明者，但肯定是第一位真正伟大的十四行诗诗人）和他最常写的主题——他挚爱的劳拉，喊他上床共眠。我们要夸夸柯林斯的慷慨，帮彼得拉克圆了他终生没有实现的梦想——劳拉和彼得拉克是否有机会交谈都很难说，更别说共眠了，所以诗人创作的那些十四行诗，写的全是渴慕与相思之苦，而非得偿所愿。柯林斯自始至终乐在其中，把韵律当作类似宗教礼拜的活动（“拜苦路”）而不予理睬，拒斥他称之为“抑扬格的小手鼓”的规范韵律，这算是几十年前希尼所说的“抑扬格鼓点”的升级版。就像柯林斯的大多数作品，他想要戏仿的冲动揭示了形式中有时被忽略的可能性。

哦，还有一件事。既然讨论已经把我们引到这里了，要是不和某位特定的人物打声招呼，这讨论就算不上完整：

Sonnet 73

That time of year thou may'st in me behold
When yellow leaves, or none, or few, do hang
Upon those boughs which shake against the cold,
Bare ruin'd choirs, where late the sweet birds sang.
In me thou see'st the twilight of such day,
As after sunset fadeth in the west,
Which by and by black night doth take away,
Death's second self, that seals up all in rest.
In me thou see'st the glowing of such fire
That on the ashes of his youth doth lie,
As the death-bed whereon it must expire
Consum'd with that which it was nourish'd by.
This thou perceivest, which makes thy love more strong,
To love that well which thou must leave ere long.

十四行诗第 73 首

你在我身上会看到这样的时候，
那时零落的黄叶会残挂枝头，
三两片在寒风中索索发抖，
荒凉的歌坛上不再有甜蜜的歌喉。
你在我身上会看到黄昏的时候
落霞消残，渐沉入西方的天际，

夜幕迅速将它们通统带走，
恰如死神的替身将一切锁进牢囚。
你在我身上会看到这样的火焰，
它在青春的灰烬上闪烁摇头，
如安卧于临终之榻，待与
供养火种的燃料一同烧尽烧透。
看到了这一切，你的爱会更加坚贞，
爱我吧，我在世的日子已不会太久。

（辜正坤译）

嘿，说得好像你能不读他的诗就离开这一章一样！拜托，这种结构叫作莎士比亚体！为什么这样称呼呢？这是英式思维的结果。仿佛伊丽莎白时代的人，或至少其中一个人，看着意大利模式，便冒出两个想法。第一个是，多么高雅的形式！第二个是，咱们怎么简化一下呢？彼得拉克体十四行诗本质上包含两个清晰的乐章。八行组由两个四行组，或叫四行诗节构成，其韵式为 ABABCDCD，或者 ABBACDDC，然后是押韵更加错综复杂的六行组，通常为 DEFDEF。但或许这也可以只用三个四行组加一个收尾的对句。而想法的组成依然相同：前八行一个乐章，后六行另一个。所以基本上一样。不过最后六行中那种四行诗节加对句的安排带来了细微的差别。从第九行到第十二行的诗行本身会形成自足的表达，然后末尾两行构成结论。当我们谈到因为意识到死亡无时不在而更加热爱生活时，没有什么比那样写更有说服力了。

前八行中的意象一律是秋天式的——季节的，心理的，精神的，身体的。莎士比亚描绘凋零的落叶，破败的教堂，肃杀的寒风，薄暮时分，黑夜渐近。也许冬天还没到，但马上就要来临。他用睡眠结束这一乐章，在伊丽莎白时代，睡眠不过是死神的贫穷的近亲。第三个四行组继续，而且通过增加个人色彩使那一乐章完整，“我就像那即将燃尽自己的炉火”，他说，援引“临终之榻”代替炉床，然后提出那个绝妙的设想，炉火正在被曾经供养它的燃料消耗殆尽。最后两行提供了一种尾声，暗示意识到即将离世使生命更加珍贵。随着他渴望的东西——在这里是生命——开始渐渐流逝，那种愈加痛切的渴望感觉，从未被表达得如此贴切。

随着岁月流逝，这首诗会渐渐趋近你，或者说，你会渐渐进入这首诗。我建议你趁着年轻爱上它，这样的话，越接近诗中说话者的年龄，它就越像是你自己的诗。真是独辟蹊径：一首十四行诗不涉浪漫与爱情，而是讲述衰老与死亡。也许比利·柯林斯不知道，十四行诗竟还可以这样写呢。

第十章

俳句、回旋诗和维拉内拉体走进酒吧

有时候，假如我想看学生一脸茫然，就会提起“六行六连体”(sestina)。这本书中有不少让人困惑的把戏，但这个比较特殊，屡试不爽。我并不是在责怪学生、控诉流行文化或美国教育状况。除非你是某种特定类型的诗人或水平高超的诗学学者，否则根本没有理由了解这一术语。即便大脑中有一千亿神经元，有些东西也是不值得占用内存的。

短诗

我知道，我知道，一听到“诗体”你们就浑身起鸡皮疙瘩。但我们先从两三种不会吓住任何人的诗体开始。我们大多数人五六年级的时候都遇到过俳句，这种安排很合适。在那个年龄，我们会数数，能基本掌握简单的句子，而理解俳句也就需要这些。规则我们知道：三行，音节数分别为 5–7–5，两个意象并列。我的一个朋友一直宣称，所有俳句的最后一行都该用“樱花盛开”，可这也太傻了，这才四个音节嘛。

在某种层面上，俳句简单至极。日语俳句的形式稍复杂，但也复杂不到哪里去。下面这首出自十七世纪的俳圣松尾芭蕉之手：

An old silent pond . . .
A frog jumps into the pond,
splash! Silence again.

古池
一蛙跳入
水的音

（飞白译[①]）

简单，对吧？读到一首漂亮的俳句，你会想，我也写得出来。你很可能确实能写。但难的不是形式，而是凝练。在这么小的篇幅内你能说什么呢，又能说得多妙呢？俳句有结构，可它不是一座房子，而是一颗水晶。

正因其晶莹凝练的特质，俳句深受二十世纪初刚刚兴起的意象派的青睐。意象派运动是一场旨在将诗歌精简至其最基本的元素——即创造精妙意象——的运动。想想庞德的地铁车站[②]和威廉斯的红色手推车。这两首不是俳句，但短小，聚焦专一，能唤起美妙的共鸣，让人不由得喜爱。

那人见人爱的小诗，五行打油诗（limerick）呢？说得没错，维吉妮娅，这确实是一种诗体。只是这种诗不大严肃。我们讲的是押

① 译文根据日文译出。
② 意象出自庞德经典的意象派诗歌《在地铁车站》。——编者注

AABBA 韵的五行诗体。其中的格律往往杂糅，抑扬格和抑抑扬格，即两个弱读音节后面跟一个重读音节。每行开始都是一个抑扬格，有时是一个扬抑格，第一、二、五行开头后跟着两个抑抑扬格韵步（“嗒 – 当 嗒 – 嗒 – 当 嗒 – 嗒 – 当”），第三、四行后只有一个抑抑扬格（“嗒 – 当 嗒 – 嗒 – 当”）。这种诗体仿佛是在说，“往这儿加个笑话”：

There was an Old Man with a beard,
Who said, "It is just as I feared!—
Two Owls and a Hen,
Four Larks and a Wren,
Have all built their nests in my beard."

有个老头儿胡子长，
他说：“这事儿真让人恐慌！——
一只母鸡，两只猫头鹰，
一只蒙鸠，四只百灵，
全把窝做在我的胡子上！”

（张文武译）

不仅在这首诗中，而且在所有这种诗体的诗中，两个短行几乎都是专为引出后面的那句妙语定制的。爱德华·李尔喜欢在诗的结尾重复第一行或第二行行尾押韵的词，这种做法并不多见。他也是写正派打油诗的诗人，这也不常见。有些评论家，例如萧伯纳，曾经说，一首诗只有符合形式规范而且内容下流，才能算打油诗。大多数人长到成年时，至少听到过两三首下流的打油诗。橄榄球运动员听到的可能有数百首。甚至有首打油诗表达的就是类似的意思，作者是大名鼎鼎的诗人无名氏：

The limerick packs laughs anatomical
Into space that is quite economical.
But the good ones I've seen
So seldom are clean
And the clean ones so seldom are comical.

打油诗充斥身体器官的笑料
用词经济篇幅又短小。
我见过的好笑话
难得正派，
正派的笑话又难得可笑。

（王爱燕译）

说得太对了。

维拉内拉体

一首维拉内拉体诗（villanelle）看起来有十九行，但实际上只有十三行内容，因为其中两行会重复出现，而且反复重复。第一节的第一行和第三行形成将要重复的内容，然后轮番出现。也就是说，第一行在第二节和第四节中重复，第三行在第三节和第五节中重复。最后它们在结尾汇集，用作整首诗的最后两行。又在做数学！也许人们不喜欢的不是诗歌，而是数数。用眼睛看比用脑子想象要容易得多，所以我们来看狄兰·托马斯最著名的一首诗，诗的第一行也是题目：

Do not go gentle into that good night,
Old age should burn and rave at close of day;
Rage, rage against the dying of the light.

Though wise men at their end know dark is right,
Because their words had forked no lightning they
Do not go gentle into that good night.

Good men, the last wave by, crying how bright
Their frail deeds might have danced in a green bay,
Rage, rage against the dying of the light.

Wild men who caught and sang the sun in flight,
And learn, too late, they grieved it on its way,
Do not go gentle into that good night.

Grave men, near death, who see with blinding sight
Blind eyes could blaze like meteors and be gay,
Rage, rage against the dying of the light.

And you, my father, there on the sad height,

Curse, bless, me now with your fierce tears, I pray.

Do not go gentle into that good night.

Rage, rage against the dying of the light.

不要温和地走进那个良夜，

老年应当在日暮时燃烧咆哮；

怒斥，怒斥光明的消逝。

虽然智慧的人临终时懂得黑暗有理，

因为他们的话没有迸发出闪电，他们

也并不温和地走进那个良夜。

善良的人，当最后一浪过去，高呼他们脆弱的善行

可能曾会多么光辉地在绿色的海湾里舞蹈，

怒斥，怒斥光明的消逝。

狂暴的人抓住并歌唱过翱翔的太阳，

懂得，但为时太晚，他们使太阳在途中悲伤，

也并不温和地走进那个良夜。

严肃的人，接近死亡，用眩目的视觉看出

失明的眼睛可以像流星一样闪耀欢欣，

怒斥，怒斥光明的消逝。

您啊，我的父亲，在那悲哀的高处，

现在用您的热泪诅咒我，祝福我吧，我求您。
不要温和地走进那个良夜。
怒斥，怒斥光明的消逝。

（巫宁坤译）

妙的是，无论抽象地说来这种诗体有多让人迷惑，一首写出来的好诗却根本不难，而这一首又何止是好。诗中还运用了三连韵：每节的韵式是 ABA，只是最后一节又加了一行（韵式为 ABAA）。因为有重复行，这一节有专门的格式。我试图把韵式打出来，可文字处理软件不听话，而格式显示使情况更加糟糕。但你只要再认真看一遍，就能感觉到读起来是多么流畅。如同其他所有诗体，维拉内拉体的规则是为某些特定的效果而制定的。一则，你得为每一节计划出一个完整的想法，通常是在两行内，再加上那个重复行，当然是作副歌之用。注意托马斯的第二行是至少有个逗号的结句行，只有第二节除外，其中“Because their words had forked no lightning they”（因为他们的话没有迸发出闪电，他们）需要加上“Do not go gentle into that good night”（也并不温和地走进那个良夜）才能讲得通。只有最后一节的第二句结尾用了句号，另外四节的第二行用的是停顿稍短的标点。从某个角度来说，这样写压力很大，需要每节都是完整的表达。而从另一角度看，诗人事先知道他的第三行是什么，所以他可以向它靠拢。这就是这种形式的挑战。这种诗体还有一个极大的好处：因为两个重复句都要在诗尾复现，没有哪种诗体比维拉内拉体的结尾更能给人满足感。它仿佛说：“瞧！妙不妙！”在这首诗中，确实妙不可言。

从创作的角度来看，维拉内拉诗体还有一个好处。确实，这种形式对诗的行数及其布局都有严格的规定，但对韵律却没有这样的限制。我敢说这是某些委员会的疏漏，但却给诗人提供了一点自由。十九世纪的英语维拉内拉体诗歌大多用四音步甚至三音步写成，而二十世纪大多数用五音步。似乎大家都同意，一旦选定一种音步，诗人就有义务贯彻下去。

六行六连体

这里只是提个醒，我既不会为难你们，也不会为难我自己。前面说过，普通人几乎没有机会了解这种诗体，我现在还是这样认为。六行六连体（又译为六节诗、六节六行体）起源于公元一二〇〇年前后，由一位名叫阿纳尔多·达尼埃尔（Arnaut Daniel）的游吟诗人（troubadours）首创。他被但丁称为“*il miglior fabbro*”（更为高超的匠人），可还是被打入了炼狱。这种诗的形式本身极为刁钻，一首诗由六个六行诗节构成，最后常附一个三行的结语，称作尾声（*envoi*）。通常不押韵（是法语的，记得吧？），但是第一节每一行的结尾词都必须是以后各节的结尾词，顺序循环变化。第六行的韵会挤到下一节的开头一行：123456, 612345, 561234, 以此类推。这样的形式在英语中不常用。十六世纪的艾德蒙·斯宾塞[①]写过一首，菲利普·西德尼爵士[②]写过三首，二十世纪的埃兹拉·庞德写过一首很著名的，另外还有散见的几首，主要出现在十九世纪晚期的亲法派诗歌创作中。但总体而言，

---

① Edmund Spenser（1552—1599），英国文艺复兴时期的伟大诗人，代表作有长篇史诗《仙后》、田园诗集《牧人月历》等。

② Sir Philip Sidney（1554—1586），英国作家、政治家及军人，重要作品有《阿尔卡迪亚》《爱星者与星星》和《诗辩》。

你大可放心，不会遭遇六行六连体诗的袭击。说真的，我认为但丁把达尼埃尔关进炼狱中受苦，不是因为他犯了色戒，而是因为他发明了六行六连体。

回旋诗与八行两韵诗

我们在别处讨论过十四行诗，但它还有个古怪的表亲，一种近乎十四行诗的诗体，源自中世纪的法国，后来形式稍加改进，引入了十六世纪的英国，被称作回旋诗（*rondeau*）。即便不了解它的历史，可一看到 *e*、*a*、*u* 在一起（想想“beauty”），就能猜出它跟法语有瓜葛。如果还有什么疑虑，再看它用的“rentrement”（回旋）这个词，只会出自地球上的一个地方。回旋诗包括十五行，分为行数不等的三节，只有两个韵，而且第一行第一个短语要重复出现，就是所谓的“回旋”。押韵格式，正如你猜测的，很特殊：AABBA-AABR-AABBAR，其中的 R 指的是回旋，就是被重复的第一个短语。

你可能会想，有这么长远的历史和异域风情的规则，包括如何变复数[①]，回旋诗会是想象力极为旺盛的炫技派诗人独有的财产吧？非也。这种诗最著名的一些例子出自语言十分平实的诗人，包括保罗·劳伦斯·邓巴和下面这位。

每年十一月十一日，如果加拿大人——还有很多美国人和英国国民——在胸前别上红罂粟的话，那是因为这首作于一九一五年的诗。它的作者约翰·麦克雷少校（Major John McCrae）在第一次世界大战时担任加拿大远征军中的军医，他为纪念一位阵亡的亲密战友创作了

① 回旋诗 Rondeau 的复数形式 Rondeaux 遵循法语变复数的规则。——编者注

这首诗。他知道，红罂粟是这片战火纷飞的土地上最早的移民。

In Flanders Fields

In Flanders fields the poppies blow
Between the crosses, row on row,
That mark our place; and in the sky,
The larks, still bravely singing, fly,
Scarce heard amid the guns below.

We are the dead; short days ago
We lived, felt dawn, saw sunset glow,
Loved and were loved, and now we lie
In Flanders fields.

Take up our quarrel with the foe!
To you from failing hands we throw
The torch; be yours to hold it high!
If ye break faith with us who die
We shall not sleep, though poppies grow
In Flanders fields.

在弗兰德斯的原野上

在弗兰德斯的原野上，红罂粟盛开

在十字架间，一排又一排，
标记我们的下落；高天上
云雀依旧飞翔，纵情歌唱，
地上的枪炮声却将歌声掩埋。

我们是死者；几天前
我们活着，感受到黎明，看得见夕阳，
爱过，也被爱，而如今我们长眠
在弗兰德斯的原野上。

继承我们的遗志，与敌人血战到底！
从我们垂落的手上接过
火炬，将它高高举起！
你若违背死者的信念，
我们不会安息，即便红罂粟生长
在弗兰德斯的原野上。

（王爱燕译）

这首诗对三段结构的运用极为高超。第一节将盛放的红罂粟、歌唱的云雀与墓园的沉寂和战争的喧嚣相对照。第二节将说话者（复数："我们是死者"）等同于在那场战争中新近阵亡的士兵。第三节叮咛生者忠于牺牲者的信念，继承那些无私献身的战士的事业，同时也提出警告：如果生者逃避责任，"我们不会安息"；红罂粟也无法告慰死者。诗歌的行进坚定而迅捷，考虑到诗的长度，也必须如此。

这种形式对诗人提出要求，要求他高效地将想法嵌入可用的篇幅，而且要在篇幅内以合理的顺序运筹这些想法。比如，将一个想法延伸到下一节，然后在那一节中间开始一个新的想法，这样是行不通的。与此同时，那些想法，确切地说是体现那些想法的词语，必须嵌入很苛刻的韵律框架中。诗人只有两个韵可用，一个重现八次，另一个重现五次。麦克雷很明智地选用长 *i* 音和长 *o* 音，使他在合理的期望范围内有足够的词语可以选择。每一节押韵都有其独特之处。在第一节中，A 韵做一、二、五行的结尾，B 韵做三、四行的结尾。第二节在每一组韵中减去一处，A 韵做一、二行的结尾，B 韵只做第三行的结尾，随后是独立成韵的半行回旋。一个韵在一节中只出现一次，这样的情况极为罕见，但这种形式就是这样要求的。第三节虽然重复了第一节中的一–二–五／三–四押韵格式，最后又加上那行不押韵的回旋，并以此结束这首诗[①]。

也许这首诗韵式的最佳特点在于，作者将关键词“die”（死去）和“grow”（生长）一直推迟到最后一次重复那两个韵时才用。很清楚，整首诗一直在引向死亡，但他尽可能久地抗拒这个词。在第一行，我们可能以为红罂粟会“生长”，但实际上它们在“盛开”，而“生长”一直留到最后的关键位置才出现。

麦克雷不幸于一九一八年一月因肺炎病逝，与阵亡将士一起长眠于布伦附近的维姆勒公墓中。后来，人们在伊普尔附近——离他为受伤战士做手术的地方不远，也是他创作那首诗的地方——立了一座纪念碑。

回旋诗尤其适合精炼的三段式结构。它篇幅不长，允许甚至要

① 上文中对韵律的分析请参考英文原诗。本诗第二、三节的中文翻译没有完全按照英文韵律。

求点与点之间迅速转换，免得意思流失。正如这首诗所示，这种诗体也可以展示非常崇高的主题。

回旋诗的一位近亲是八行两韵诗（*triolet*），也来自中世纪的法国，也运用重复行。八行两韵诗仅有八行，第一行的字词在第四行和第七行重复，第二行的字词在最后一行重现。正像许多同类诗体一样，标点的变化不只是允许的，而且几乎是必要的。英国最杰出的诗人之一托马斯·哈代在他的《冬天傍晚时分的飞鸟》（"Birds at Winter Nightfall"）中向我们展示了，通过对小小的标点符号的改动，可以产生什么样的效果：

Around the house the flakes fly faster,
And all the berries now are gone
From holly and cotoneaster
Around the house. The flakes fly!—faster
Shutting indoors the crumb-outcaster
We used to see upon the lawn
Around the house. The flakes fly faster
And all the berries now are gone!

在房屋周围你们雪片般飞窜，
所有的浆果都已经不翼而飞，
冬青和枸杞的果实已被吃完，

在房屋周围你们雪片般飞窜！
常见它们在草地啄食残饭，
我们真该将它们关进户内。
在房屋周围你们雪片般飞窜，
所有的浆果都已经不翼而飞！

（吴笛译）

注意这些诗行是如何变化的："在房屋周围你们雪片般飞窜，""在房屋周围你们雪片般飞窜！""在房屋周围你们雪片般飞窜，"显而易见，通过标点的细微变化[1]，诗人从这七个单词中榨出不同的含义，并乐在其中。我没有切实的依据，但我怀疑他对上述后两句的后半行最为自豪。严格说来，第八行的感叹号违反了原本的形式，不能算严格的重复。但那也没关系：我们通常珍视创新胜过因循。这种诗体，在十九世纪短暂流行过后，基本再无人问津。这恰恰意味着这种形式该重启了。毕竟，它们短小精悍，又妙趣横生。

挽歌

挽歌（*elegy*，也译作哀歌、挽诗）是悼念新近亡故的人的诗，死者通常是诗人认识的人。有时候，"诗人认识的人"只是宽泛的说法，就像惠特曼为哀悼罹难的林肯总统而作的诗：

O Captain! my Captain! our fearful trip is done,

① 此处译文标点与原文有所不同，这里阐述的标点变化参考原文。——编者注

The ship has weather'd every rack, the prize we sought is won,
The port is near, the bells I hear, the people all exulting,
While follow eyes the steady keel, the vessel grim and daring;
But O heart! heart! heart!
O the bleeding drops of red,
Where on the deck my Captain lies,
Fallen cold and dead.

O Captain! my Captain! rise up and hear the bells;
Rise up—for you the flag is flung—for you the bugle trills,
For you bouquets and ribbon'd wreaths— for you the shores a-crowding,
For you they call, the swaying mass, their eager faces turning;
Here Captain! dear father!
This arm beneath your head!
It is some dream that on the deck,
You've fallen cold and dead.

My Captain does not answer, his lips are pale and still,
My father does not feel my arm, he has no pulse nor will,
The ship is anchor'd safe and sound, its voyage closed and done,
From fearful trip the victor ship comes in with object won;
Exult O shores, and ring O bells!
But I with mournful tread,

Walk the deck my Captain lies,

Fallen cold and dead.

哦，船长，我的船长！我们险恶的航程已经告终，
我们的船安渡过惊涛骇浪，我们寻求的奖赏已赢得手中。
港口已经不远，钟声我已听见，万千人众在欢呼呐喊，
目迎着我们的船从容返航，我们的船威严而且勇敢。
可是，心啊！心啊！心啊！
哦，殷红的血滴流泻，
在甲板上，那里躺着我的船长，
他已倒下，已死去，已冷却。

哦，船长，我的船长！起来吧，请听听这钟声，
起来，——旌旗，为你招展——号角，为你长鸣。
为你，岸上挤满人群——为你，无数花束、彩带、花环。
为你，熙攘的群众在呼唤，转动着多少殷切的脸。
这里，船长！亲爱的父亲！
你头颅下边是我的手臂！
这是甲板上的一场梦啊，
你已倒下，已死去，已冷却。

我的船长[1]不作回答，他的双唇惨白、寂静，
我的父亲不能感觉我的手臂，他已没有脉搏、没有生命，

---

① 江译为“我们的船长”，这里根据英文原文，改为“我的船长”。

我们的船已安全抛锚碇泊，航行已完成，已告终，
胜利的船从险恶的旅途归来，我们寻求的已赢得手中。
欢呼，哦，海岸！轰鸣，哦，洪钟！
可是，我却轻移悲伤的步履，
在甲板上，那里躺着我的船长，
他已倒下，已死去，已冷却。

（江枫译）

挽歌与其说是诗体，毋宁说是类型。挽歌可以是田园诗(Pastoral)，诗中有照管着并未出现的羊群的牧羊人，还有穿着稀奇古怪、扮作牧羊女的缪斯女神。或者也可以是三段式的品达体颂诗，谢默斯·希尼在纪念北爱尔兰冲突遇难者的几首挽歌中就多次运用了这种形式，就像奥登在纪念W. B. 叶芝的诗中所做的一样。在上面这首诗中，惠特曼将林肯比作带领航船平安返航，自己却不幸遇难的船长，对于热衷航海的十九世纪来说这比喻很恰当。他这样做，充分利用了反讽，即总统恰在他与合众国大获全胜的时刻被杀害。狂喜（这一点他反复强调）与悲恸都表现到极致。注意，他运用了他独特的三段结构。第一节，强调航行——即战争——的胜利，这一点在第二节中继续，并恳请“我的船长”起来听庆祝的钟声。在最后一节中，冷酷的现实——在前文“你已倒下，已死去，已冷却”中确立的现实——已无可挽回：船长躺着，“惨白、寂静”，无法目睹他辛劳的果实。这是迄今最接近完美的一首挽歌。惠特曼的其他诗可能形式松散，但在这首诗中，他严格遵循符合这首诗情境的规范。假如挽歌在此之前并未诞生，这一首就会是它的典范。也许，它确乎就是挽歌的典范。

颂诗

与挽歌相较，颂诗（*ode*）的特点正在于形式；与十四行诗对比，颂诗的形式又较为松散。典型的颂诗定义说它篇幅较长，语气和主题很严肃，有形式结构和思维变化。品达[①]是一类颂诗之父，这种颂诗语言庄重，从希腊戏剧的合唱歌队颂歌中继承了三段结构。第一部分叫作*左旋舞歌*[②]（*strophe*），这一部分使诗歌向一个特定的方向发展。第二部分叫作*右旋舞歌*（*antistrophe*），形成思想的反向运动。第三部分，也叫作*长短咏歌*（*epode*），试图解决前两部分中因素的冲突。在希腊戏剧的颂歌中，歌队确实会移动位置，以表明一种想法与对立的想法之间的转换。具有结局性质的第三节在歌队颂歌中并不总是出现，这取决于剧情本身的要求，或者因为歌队内部没有最终决定——歌队的观点往往代表的是戏剧发生地点的公民的意见。品达不受这样的限制，他诗中的矛盾基本上总会得到解决。贺拉斯[③]的颂诗形式上不是那么严格，语调和心境更偏向于沉思。从此，诗人就在品达体和贺拉斯体之间选择，尽管后世的诗人在它们的形式上比较随意。颂诗进入英格兰后，诗人们对它加以改变，直到这种诗体落入约翰·济慈的手中。只要觉得必要，他想写多少节就写多少节，创作出了被誉为“五大颂诗”的作品——《希腊古瓮颂》（“Ode on a Grecian Urn”）、《夜莺颂》（“Ode to a Nightingale”）、《忧郁颂》（“Ode on Melancholy”）、《心灵颂》（“Ode

① Pindar（约公元前 518—前 438 年），古希腊抒情诗人，代表作有《皮托竞技胜利者颂》《奥林匹亚颂》。——编者注

② strophe，antistrophe 和 epode 有多种译法，此处参考《西洋文学术语手册》（上海译文出版社，2012 年）并略作调整。——编者注

③ Horace（公元前 65—前 8 年），古罗马奥古斯都时期的诗人、批评家、翻译家，代表作有《诗艺》等。——编者注

to Psyche”，又译作《赛姬颂》）和《秋颂》（“To Autumn”）——仅在一八一九年一年之内！济慈之后，鲜有诗人再涉足颂诗，仿佛不知如何才能达到那样的高度，或者认为济慈已经竭尽了这种诗体内所有有价值的尝试。在《希腊古瓮颂》中，济慈细致入微地描绘那只瓮上的田园风光：一位少女被一位渴慕她的男人追逐，一切都停留在行动的这一刻，不再发展。别的诗人可能会哀叹动作的未竟，济慈则赞美这凝固片刻的完美。

在这首诗的五节之中，他的思绪发展，曲折变化。开篇是他对描述对象说的话：

Thou still unravish'd bride of quietness,
Thou foster-child of silence and slow time,
Sylvan historian, who canst thus express
A flowery tale more sweetly than our rhyme[.]

你委身“寂静”的、完美的处子，
受过了“沉默”和“悠久”的抚育，
啊，田园的史家，你竟能铺叙
一个如花的故事，比诗还瑰丽［。］

（查良铮译）

就像我们将要见到的飞奔的女郎，这只古瓮是“完美的处子”，“委身‘寂静’”，而非委身于某位男性。或者，你也可以说它是“受过了‘沉默’和‘悠久’的抚育”，未必一定有双亲。他向古瓮致敬，称赞它有高超的讲故事的才能，“能铺叙／一个如花的故事，比诗还瑰丽”。在第二节中，他更深入细致地探讨沉默这一主题：

Heard melodies are sweet, but those unheard
Are sweeter; therefore, ye soft pipes, play on;
Not to the sensual ear, but, more endear'd,
Pipe to the spirit ditties of no tone[.]

听见的乐声虽好，但若听不见
却更美；所以，吹吧，柔情的风笛；
不是奏给耳朵听，而是更甜，
它给灵魂奏出无声的乐曲[。]

这是为心灵而非为耳朵奏响的乐曲。这景象的美妙不在于它的实现，而在于它潜在的可能性，因为它描述的方式是勾勒出故事的轮廓，而非填充所有细节。对这一景象的美，他用丰富的细节进行赞美。整个第二节和第三节，他都在歌颂这一景象的恒久：那位情郎无法得到他的吻，可另一方面，无论他还是他追逐的女郎都不会衰老，也不会遭受人类真实爱情带来的心痛。第四节提供了古瓮图案中更多的故事细节：祭司牵着戴花环的小牛去献祭，镇上的人们跟在后面，于是小镇被永远舍弃（因为他们在瓮上，无法回家），一切被拘于陶土之中。永远永远。

诗的结尾，诗人赞美古瓮的永恒，与之对照的是真实生活可悲的短暂无常，包括他自己的艺术：

When old age shall this generation waste,

Thou shalt remain, in midst of other woe
Than ours, a friend to man, to whom thou say'st,
"Beauty is truth, truth beauty,—that is all
Ye know on earth, and all ye need to know."

等暮年使这一世代都凋落，
只有你如旧；在另外的一些
忧伤中，你会抚慰后人说：
"美即是真，真即是美，"这就包括
你们所知道、和该知道的一切。[1]

他说："当我的生命逝去，你还会长久存在，而后辈的人们也会有他们的痛苦。"接着，他赋予这只古瓮一句与众不同的美学陈述，即美与真不仅一体，而且这还是人类知道而且需要知道的一切。对一只瓦罐来说，这是十分大胆的论断。从沉静的赞赏发展到大胆的断语，这首诗步步为营，一小步一小步地安排，背后却隐藏着勃勃雄心。

这种诗，致力于描摹某种物件或景象，或者像在这首诗中，描绘一件艺术品，被称作读画诗（*ekphrastic*[2]），其意类似于用词语捕捉其他艺术，或者从一种媒介翻译到另一种媒介。又是一个让朋友刮目相看、让对手摸不着头脑的文学术语。可与此诗相对照

① 这首诗原文中古瓮的话一直持续到全诗结尾，查译改变了引号的位置，古瓮的话被缩短为"美即是真，真即是美"。其他中文译本也多做类似调整。

② ekphrastic 是 ekphrasis 的形容词形式。ekphrasis 出自希腊语，最初指以言辞栩栩如生地描述事物，是一种修辞技巧，现在多指是指用文学语言描摹艺术作品，尤其指描写绘画、雕塑或静物的诗歌体裁。

的一首美妙的诗是当代诗人依婉·伯兰[①]所作的《父亲桌上的照片》（“The Photograph on My Father’s Desk”）。诗中将一系列的动作——一个女人惊讶地把手放在喉咙上，一壶柠檬汁被搅动，一个男人沿一条小路大步行走去——在照片中凝固。但是，伯兰在这里强调的是动作的未完成性：每个即将来临的动作永远也不会实现。相较于济慈，伯兰对处于静止状态的动作表现出更多的遗憾，她明白自己将永远无法看到照片表象以外的东西，永远无法对那一幕有更充分的理解。读画诗通常寻求以某种方式模仿其描绘的东西。比如济慈希望他的诗具有同样的永恒性，尽管，考虑到当时他还籍籍无名，这希望顶多也只能算渺茫。伯兰对于摆在面前的器物态度更加地暧昧，她在诗集《历史之外》（*Outside History*，1990）中写过一整系列描写物品与器物的诗歌。它那样摆在她父亲的桌上，代表这个家族历史中某个不为人所知的故事，细节的缺失便成为痴迷和神往的根源。她的诗并非颂诗，却是与颂诗相称的作品。

田园诗

田园诗（*Pastoral*）是另一种属于类型而非诗体的诗。同挽歌一样，田园诗可以采取不同形式，实现多种目的，从哀悼性的（那样的话就是田园挽歌，*pastoral elegy*）到庆祝性的。在古典诗歌及其近代（近至十六世纪）的继承者中，我们可能会看到牧羊人和牧羊女。或者可能是华兹华斯笔下淳朴的乡下人，或者是弗罗斯特笔下离群索居的人物或关系不睦的夫妻。隐藏在田园诗背后，往往未曾言说的，是都市人对某种民风淳朴的美好往昔的一种怀旧之情

① Eavan Boland（1944—2020），爱尔兰诗人、作家、学者，重要作品有诗集《家庭暴力》《反对情诗》《在暴力时代》等。

（虽然在这方面我们或许要放过弗罗斯特或泰德·休斯）。说到底，写此类诗的，更多是生活在雅典或罗马或伦敦的人，而非一不留神就会踩到羊粪的乡下人。

如此说来，这就是诗体大全了？差得远呢！几世纪以来，诗体来来去去，有时候去了又回，从一种文化跳进另一种文化，历经变迁。此前我们讨论过歌谣和十四行诗，所以你还可以把它们也添到你的诗体库中。我们最好记住，诗体不仅远非限制，而且还充满可能性。通过选择十四行诗而非颂诗，选择八行两韵诗而非十四行诗，你可以做到某些事——还可以不必去做某些事。就像打油诗可以用来写笑话，俳句可以塑造意象，每种诗体都可用于某种表达。对于一首写得出色的诗，我们除了钦佩娴熟的技巧，还应该欣赏其选择特定诗体的智慧。

第十一章

诗节形式

对读者而言，最让人沮丧的景象莫过于一页又一页不分段的诗篇。看到几百行诗句浩浩荡荡地一页页行进下去，连分个段喘口气的机会都不给，我们的心便不禁沉了下去。好吧，我的心是沉了下去。我了解这一点，因为几年来我每年都至少会与《伊利亚特》狭路相逢一次。虽说我很喜欢这一过程，可这种蔓延近千行的诗，还是让我难堪重负。但最终还好，因为史诗叙事的本质决定了，读者不需要花很大力气进行文本分析。而抒情诗则是不同命题。

与不分段的诗歌长城相对的是什么？诗节（Stanzas）。歌段[①]（Strophes）。诗段（Verse paragraphs）。诗节是指在一首诗或一首较长的诗的部分中会重复运用的诗行分组。“歌段”和“诗段”基本是可以互换的术语，它们暗示所包含的行数可能在不同的部分中发生变化。咱们先从规律的讲起。

先来提个问题：一节有多长？这个嘛，你需要它多长？出于现

①strophe 原指希腊悲剧中歌队咏唱的颂歌中的第一部分，后泛指一首诗中的一段，行数不固定。

实考量，一节超过十来行，诗节的实用性好像就崩塌了。我从不惮于把事情推至不合逻辑的极端，假如一节有一千行，那分节的用处何在？在史诗中，那么长的一节叫作一卷（book），而精确重复上一卷的行数毫无意义，因为谁会费心去数有多少行呢？再看另一种极端，一节一行同样也毫无意义，因为无法形成模式。所以，从多于一行到少于极多，诗歌中真正出现过哪些有意义的结构呢？行数从小到大，我们有……

• **对句**（Couplet，又译作双行诗节，两行连句）通常不作为独立的诗节，但在文学史的很多不同时期都广受欢迎，十八世纪的约翰·德莱顿、亚历山大·蒲柏和乔纳森·斯威夫特对之尤其喜爱。在大多数时期，押韵的对句也常为幽默诗人所用。

• **三行诗节**（Tercet）——三行，最著名的当属三连韵诗节。这种诗节还有别的用法，但是但丁基本上确立了它的形态。它的另一种重要用处是在维拉内拉体诗中的应用，我们前面已经看到过。

• **四行诗节**（Quatrain）——四行，有各种韵式，最常见的是 ABAB 和 ABBA。因为就表达一个想法而言，这个长度近乎完美，所以它很可能是最常用的诗节形式。

• **五行诗节**（Quintain）——作为一种形式很少用到，这个术语则更鲜见。五行诗节经常包含不押韵的诗行，或者把韵从一节延伸到下一节。缺乏对称性看起来是种妨碍，有时反而能带来自由。

• **六行诗节**（Sestet）——六行，相当常见，不只是在十四行诗中。在长诗中，六行诗节可以当作段落来用，或者作为六行六连体诗的构成部分，就像我们在前一章中看到的那样。

• **皇韵诗节**（Rime royal）——七行，首先由杰弗里·乔叟在几首诗中运用，著名的有《特洛伊罗斯与克丽西达》(*Troilus and Criseyde*)。韵式为ABABBCC，可以作为单独的诗节，也可以以两节形式出现(ABA-BBCC)，甚至以三节形式出现(ABA-BB-CC)。

• **八行诗节**（Octave）——在十四行诗中，八行诗节更常用的术语为“八行体”(ottava rima)，它有特定的韵式，ABABABCC，三个交错韵之后跟一个对句，这种形式有助于打断表达的意思，从而使它受到仿英雄诗体（mock-heroic）的青睐。正如它的名字所暗示的，这种诗节源于意大利，具体说是出自乔万尼·薄伽丘的《十日谈》，而书中的一些理念又被乔叟借用到他的《坎特伯雷故事集》里。其他形式的八行诗节也有，但这种是最著名的。

• **斯宾塞诗节**（Spenserian stanza）——九行，这是除《仙后》之外，艾德蒙·斯宾塞献给英语诗歌的又一个礼物（尽管这种诗节首先就用于那首长诗中）。有三个特点值得注意。首先，韵式为ABABBCBCC，这样或多或少可以环环相扣。其次，诗节是用我们的老朋友抑扬格五音步写成的——除了，第三点，第九行是抑扬格六音步（六个而非五个音步），叫作亚历山大诗行（*alexandrine*）。有其他许多诗人也用过这种诗节，包括英国浪漫派诗人中的大多数，不过它还是不甚常见，以至于看到超过四五行聚在一起，我也从没想过会是它。它会悄悄冒出来吓我一跳。

• 十行诗节（以及更多）——可能会出现，但是足够罕见，以至于没人费心专门给它取个名字，也许取过，但没有流传。比这再多的话就是怪物了。

每种规律的诗节都有一套做法、规范或硬性规定来指导它的写法。一旦某个人——比如说，一个姓斯宾塞的人——引进了一种新奇的形式，他的做法就成为标准做法。四行诗节逃过这一命运，主要是因为它无处不在，没有一位先辈可以自称是它的发明人；因此，诗歌经典便被各种不同的押韵形态几分天下。也就是说，这些韵式以前都有人写过。

但那种不规律的分节又如何？叫法因人而异，有的称之为歌段，有的称之为诗段。歌段源自颂诗中的舞歌，颂诗又源自希腊戏剧中的歌队颂歌。通常而言，歌队来回移动，既是实际动作上的移动，也是言语象征上的移动。当他们就一个观点辩论时，他们向一个方向移动，吟唱左旋舞歌。然后，抵达终点后，又向相反的方向移动，再吟右旋舞歌。有时候，这样的来回还会重复。还有的时候，会达成某种和解，那就叫作长短咏歌。也就是：左旋舞歌、右旋舞歌、长短咏歌。

出于某种原因，学生喜欢用“诗节”，而抵触“歌段”，这太糟了。“歌段”可以让你免受第二节与第一节形式相同这一要求的牵绊。我是很欣赏能给我回旋余地的术语的，有了它，想怎么写就怎么写。

假如诗节看起来不像诗节，会怎么样呢？听到“诗节”，我们会在头脑中想象出一块文本，一块占据白色页面的黑色长方形。但情况未必如此。诗节的结构可以不依赖其本身的常规性，而完全靠它在一首诗中的重复，达到规则的效果，正如玛丽安·摩尔在我们前面读过的一首诗中展示的：

The Fish

wade

through black jade.
Of the crow blue mussel-shells, one keeps
adjusting the ash-heaps;
opening and shutting itself like

an
injured fan.
The barnacles which encrust the side
of the wave, cannot hide
there for the submerged shafts of the

sun,
split like spun
glass, move themselves with spotlight swiftness
into the crevices—
in and out, illuminating

the
turquoise sea
of bodies. The water drives a wedge
of iron through the iron edge
of the cliff; whereupon the stars,

pink
rice-grains, ink-

bespattered jelly fish, crabs like green
lilies, and submarine
toadstools, slide each on the other.

All
external
marks of abuse are present on this
defiant edifice—
all the physical features of

ac-
cident— lack
of cornice, dynamite grooves, burns, and
hatchet strokes, these things stand
out on it; the chasm side is

dead.
Repeated
evidence has proved that it can live
on what cannot revive
its youth. The sea grows old in it.

鱼

跋涉于

黑玉。

　乌鸦蓝的蚌贝中，

　有一只

　不停地拨弄水底的沙子；

　　自开自合，像

一只

受伤的扇子。

　藤壶在波浪

　边缘

　结壳，无处

　　隐藏，如水下太阳的

光轴

不断分裂，如旋转不停

　的玻璃，以聚光灯般闪烁的光的

　移动，

　进入岩缝——

　　时隐时现，照亮

这

绿宝石般的，

　尸体之海。水推动一块

　铁楔，

　穿过悬崖的

铁栏，远处有海星，

粉红色的
小鱼，墨汁
飞溅的海蜇，像
绿色
海百合的螃蟹，水底的
伞菌，彼此滑动。

所有的
外部的
施暴的印痕都在
这
蔑视一切的里程碑之上——
所有意外事件的物理

特
征——残缺的
屋檐，炸药槽，烧焦的，
以及
斧头敲打的痕迹，这些事物在它
之上；断层的边缘是

死亡。
重复的

证据，证明它可以
活
即使它的青春
　无法挽回，海生于斯，老于斯。

（明迪译）

你会立即注意到这些诗节的外形与众不同。当我们看到四边形的诗节时，基本知道该怎么对付它们。但摩尔小姐的怪怪的鱼诗可不是这样。我们得想出一些新办法。倒不是说很难。诗节的模式很固定：每节五行，前两行押一个韵，第三、四行押一个韵。怎么，你没注意到？那是因为这些长短不一的诗行骗过了你的眼睛。

关于摩尔的诗的题目，有两点是对的：(1) 它们经常是诗的第一个（或前几个）词，而且引出类似开端的东西；(2) 它们可能和诗歌讨论的主题没什么关系。比如《章鱼》（“An Octopus”）写的其实是她在国家公园服务处宣传册上看到的冰川，这座冰川因有八条分支而被描述为“冰章鱼”。那段描述似乎让她冒出这样的念头：喂，这可是误导读者的绝妙方式。摩尔诗歌的一部分趣味是让我们从错误的假设中恍然醒悟，或者至少对她的粉丝是如此——我就是其中之一。当然，你可能持有异见。

这种玩性延伸到了她的诗节结构中。对于她在这首诗中给自己立下的规矩，她是相当严肃的，但这并不意味着她需要看起来也很严肃。下面是诗的第七节，也是倒数第二节：

ac-
cident— lack

of cornice, dynamite grooves, burns, and

hatchet strokes, these things stand

out on it; the chasm side is

dead.

(所有意外事件的物理)

特

征——残缺的

屋檐，炸药槽，烧焦的，

以及

斧头敲打的痕迹，这些事物在它

之上；断层的边缘是

死亡。

没错，为了用到某个音节，就在行尾把单词用连字符分开，这做法并不符合常规。可话又说回来，也没人规定不准这样做。再说，这也很好玩，就像在上一节中用“of”结尾——用“of”作结尾的诗行，能有多少呢？更别说用作一节的结尾了。我是一时想不出多少例子，这一因素也更使得摩尔成为一个如此罕见的异类。但重点是要注意，她这种非常规的做法，是为了游戏和幽默，是因为这样做很好玩。

说到底，要不是为了开心，干吗要花那么多心思琢磨新花样呢？

插曲

诗歌真正自由过吗?

二十世纪初,一个此前从未被人说过的术语进入文学词汇:“自由诗”。各地出现一些可称之为自由诗的诗歌,或者至少有人作诗时自由发挥。不出所料,是法国人引领了这一新潮流。十九世纪的法国象征主义诗人——兰波、波德莱尔、儒勒·拉福格(Jules Laforgue)——开始以打破传统模式的诗歌恣意游戏。

然后是沃尔特·惠特曼。与其说他拒绝被广为接受的形式,倒不如说他创立了自己的形式,他以《英王钦定本圣经》中的《诗篇》为摹本,而后者又是希伯来诗歌的仿作。他的做法引领现代诗人无视常规,因为他给他们提供了新的——虽说是非传统的——规范。假如你要找个打破规矩的人,就去找美国人吧。

要理解自由体诗歌这个奇怪的术语及其多少有点奇怪的实践,咱们不妨再提出两个术语。起初有封闭体诗歌,就是规则很严格的诗。你知道的,就是这类规则,比如“汝当于十个音节后结束一行”,或者“韵脚当于可预见的间隔后出现在行尾”,或者“除了此种形式,汝不可用别的形式”。可你知道诗人的习性,一帮不服约束的家伙，让他们循规蹈矩六七个世纪，他们就躁动不安起来，甚至断定，规矩定下来就是要人打破的。于是有人可能会问，我们稍稍松动一下，要是别那么担心抑扬格、扬抑格，假如诗行长短不一，会怎样呢？还有人可能会问，要是我们创作更接近音乐而不是像节拍机器似的诗，会怎样呢？只是这并非只是假设，实际上埃兹拉·庞德不是在询问，而是在《回顾》（“A Retrospect”）中将这些作为主张声明出来了。一九一二年前后，他和希尔达·杜利特尔（她更为人所知的名字是 H. D.）、理查德·奥尔丁顿（Richard Aldington）一起，提出新诗的三条规则：

1. 直接处理所写之“物”，无论是主观的还是客观的。
2. 决不使用任何无助于展现（presentation）的词。
3. 关于韵律：依照乐句的顺序，而非按照节拍器的节拍来写诗。

他所谓的“节拍器”，当然是指“被广泛接受的韵律模式”。丢掉齐步走般的抑扬格和扬抑格，迎接更加摇曳多姿的节奏。

假如前面那些问题得到解决，结果会如何？那样诗会是什么样的？我们该如何称呼那样的诗？有一种称呼与我们前面刚用的一个术语相反，叫开放体诗歌。这是个务实、有用的好术语，但是同大多数务实、有用的好东西一样，有点乏味。完全不像自由体。没有人能抗拒“free”（自由的，免费的）的诱惑——购物者不能，上当受骗的人不能，理论家不能，一直感觉被惯例和规则束缚的年轻诗人当然也不能。只是……

多自由才算自由呢？自由诗的极端便是散文——没有规则，但是任何种类的乐感或凝练也都消失于措辞的松散之中。没有人能先验地说出，自由诗要成其为诗，得与韵律诗贴合到什么程度。“诗”，这个词很关键。我们讨论的不是自由表达或自由结社或自由言论，而是自由诗，“诗”平衡“自由”，前者约束着后者，正如后者拓展了前者的可能性。关于这个问题，T. S. 艾略特说得很直接，口气不像诗人，倒像个包工头：“对一个想写好诗的人而言，没有一种诗体是自由的。”威廉·卡洛斯·威廉斯补充了类似的观点：“作为一种艺术形式，诗歌不可能拥有那种没有限制、没有指导原则的自由。”就连伊沃·温特斯（Yvor Winters），美国诗歌评论界那位坏脾气的老爷子，也公正地评论自由诗说，“真正算得上诗的自由诗，也就是 W. C. 威廉斯、H. D.、玛丽安·摩尔、华莱士·史蒂文斯和埃兹拉·庞德写得最好的诗，是自由的对立面”。上面的几种说法着重点都落在这种新形式的名称的后一部分。或者说，是一系列的新形式，因为每个诗人的自由诗，以及很大程度上每一次个人的尝试，都是一种新形式，没有其他例子与之类似。

说得没错，但是什么使它成为诗，而不只是自由而已呢？

规则。这种现代创新与传统诗歌之间的区别在于规则来自内部。就像我们在玛丽安·摩尔的《鱼》中看到的那样，一位诗人运用她自创的严格的音节排列形式。而在她的下一首诗中，即便她依然写音节诗，可每行运用相同音节排列的概率，甚至每节用相同行数的概率，都近乎为零。干吗要旧调重弹呢？

我曾听创作歌手玛丽·翠萍·卡朋特（Mary Chapin Carpenter）说过，每次吉他调音，都意味着一首新歌。节奏编排也是如此：每种新的编排都产生一种新的表达，一首新诗。假如 E. E. 卡明斯选择模拟左轮手枪连发一般写出“onetwothreefourfive pigeonsjustlikethat”（一二三四五只陶鸽 像那样），他得决定为什么用五连发，而不是六连发，以及为何“pigeonsjustlikethat”写成一个词更有道理，还有为何那两个混成词中间用一个空格分开。无论自由诗篇幅如何，文本形状如何，诗行如何安排，都要由作者来塑造、限定、控制其做的每个决定可以用来表达什么。假如我们注意不到那些决定，或者只是把其产生的作品当作分行截开的散文，则是对诗人极大的伤害。

在上面提到的每个例子中，那些限制，虽说是自己设定的，也同古老的规则一样，迫使诗人找到韵律中的乐感。这一点罗伯特·弗罗斯特没有想到，他说写自由诗就像打网球“不拉起网子”，而实际上这更像是打网球时拉一道自己织的网。

别误会。上百万首号称自由诗的诗，其实不过是草率、混乱、自我陶醉而已，形式原则上也缺乏清晰的理由——如果还有理由的话。同样的情况也适用于封闭体的诗歌。这世上充斥着糟糕的作品，而糟糕的作品总会在数量上淹没其他的创作。烂诗不光出自无名小卒之手。我手头那本《E. E. 卡明斯诗歌全集 1904—1962》厚得足以当抛石机的平衡锤。假如剔除书中搞砸了的实验作品，其重量会减少百分之四十，而规模的缩减也会使诗性得以提升。另一方面，华兹华斯的《序曲》（*The Prelude*）和丁尼生的《悼念集》（*In Memoriam A. H. H.*）中也有大段大段不写也无损于作品的内容。然而，我们并不会因此把这些诗人中的任何一位打入二流之列。他们的作品宏伟壮丽。大多数如此。

诗歌的质量从来不能反映所选形式的质量。写一首蹩脚的十四行诗远比写一首伟大的十四行诗容易，而我们大多数人竭尽全力也只能写出蹩脚的诗。但出现一首坏诗，我们不会怪在“十四行诗”头上。而发现糟糕的自由诗，我们也不该怪罪自由诗这种形式。不论自由与否，诗就是诗。或好或坏的，是每一次新的尝试，每一首单独的诗作。我们只能阅读、分析、判断、欢迎、拒绝、赞美、欣赏具体的诗本身，而不是笼统的“诗歌”。而且说真的，难道你会希望事实正相反吗？

第十二章
意象、象征及其朋友们

这一章我们已经尽可能地往后推了，现在实在绕不过去。当人们说不喜欢诗歌的时候，几乎可以肯定他们指的就是这一部分。这部分让你们头疼，也让我如鲠在喉。人们对它的反应几乎如出一辙，列此为证：

1. 诗包含象征（symbols）；
2. 因此，象征即是诗；
3. 诗人在诗中运用象征；
4. 象征令人费解；
5. 因此，诗人希望自己的诗令人费解；
6. 或者，老师捏造实际并不存在的象征；
7. 象征让人迷惑；
8. 因此，老师是用“象征”迷惑和控制学生；
9. 象征让我头疼，让我感觉自己很笨；
10. 因此，我讨厌象征；

11. 因此，我讨厌诗歌。

我们来解决这个问题。

假如你和我们其他人一样，你就已经把一个大类下面的一堆东西，一堆很可怕的东西，混为了一谈。我们实际上指的是整整一组概念——没错，象征，但还有意象、暗喻、明喻、转喻、提喻、借代、拟人——这些都属于修辞性语言（*figurative language*）这一类别。为了方便讨论，让我们把这些东西看作语言图像（*word-pictures*）的变体。顺便一说，语言图像这说法本身也是一种形式古老的修辞性语言，一个比喻复合词，将两个名词强扭在一起构成的盎格鲁－撒克逊词语形式。

第一种也是最直接的一种语言图像是意象，其最基本的意思很简单，正如英国诗人 C. 戴·刘易斯在《诗的意象》（*The Poetic Image*，1947）中所说的，“用词语勾画的图像”。唉，这话还用他说吗？更简单地说便是替代，用一种事物去创造另一种。想想我们的老朋友莎士比亚，他把一个衰老的男人描述成一棵处在暮秋入冬时节的树，“那时零落的黄叶会残挂枝头／三两片……”这就是语言表达的图像。这是意象的首要任务。而其更大的任务是充当暗喻或明喻的载体。比如，当荷马将希腊英雄狄奥墨得斯的进攻比作一条洪水汹涌的河，那条河就是一个意象，一幅由语言，通常是很多词语，表达的图像，一个充当载体（承载货物的东西）的意象。

我们且不谈象征和暗喻之类，不妨先看看根植于比喻表达法的基本概念，意义的偏移（*deflection of meaning*）。首先，郑重提示：文学中的一切首先是其字面本身的意义。青蛙就是青蛙。当庞德说，诗歌需要在人“看鹰就只是鹰”的层面上运作，便是这个意思。所以，我们要时刻谨记，在急着断言一朵郁金香是一位仙女之前，首先要承认它的确是一朵郁金香。而在确立了它的“郁金香性”之后，我们可以开始探究它是否承载着某种引申义。

比如，在莎士比亚十四行诗第73首中，我们需要看见那棵暮秋的树，只剩三两片叶子，甚或一片不剩（真贴心，对该如何想象那棵树，他还给我们留有选择余地）。这是我们得到的最初意象。但即便在这意象被呈现之前，它的含义也已经向其他事物偏移。他不只是在呈现一棵树，或者一年中的一个时间，而是用一年中的时间来反映一个人一生中的时间：“你在我身上会看到这样的时候”（“That time of year thou may’st in me behold”）。最明显的一种偏移是明喻，它高举“像”或“如”这样的牌子，大声警示：“前方有比喻！”荷马引入发洪水的河流来比喻那位英雄的勇猛进攻：“他冲过平原，有如冬季满河的洪水。”标明这处是比喻对于听这首诗吟诵的人而言极为有用，因为他们需要在一个晚上消化太多东西，这期间很多人酒足饭饱，会由微醺滑向酩酊。因此最好说清楚你将要提到暴涨的河流是为阐述已有的内容，而非引入新话题。史诗背诵到中间部分，不是玩微妙的地方。但明喻并不局限于史诗这一竞技场。罗伯特·彭斯在一首著名的诗中写到的“我的爱人像朵红红的玫瑰”，让读者毫不怀疑这是比喻。即便是从口述诗到书面诗，明喻一直都保持着直截明了的特质。

相反，另一种值得注意的比喻，暗喻（*metaphor*），则是微妙的化身。这里有喻体（*vehicle*），还有喻旨（*tenor*），即喻体所喻的东西（别怪我：早在我出生之前，I. A.理查兹就编出这些术语了[①]）。

① I. A. Richards（1893—1979），英国文学批评家，上述术语出自其著作《修辞哲学》（*The Philosophy of Rhetoric*，1936）。——编者注

那什么是暗喻呢？若说是一种丢掉“像”“如”的明喻，这倒也没错。暗喻缺乏明确的表示来告知你出现了比喻，而“像”“如”就是这种表示。它们其实并非必要。当我们听到一个暗喻，大多数时候甚至都留意不到，就像我们读到“他在风华正茂的年纪凋零”。你会停下来想想这里有花朵的比喻吗？当然不会。

暗喻潜入我们的意识（瞧，这里就有个暗喻），于是我们忽略了喻体的第一层、明显的含义。想想十四行诗第 73 首，其中其实有三个暗喻，每个四行组一个。就像我们刚刚提过的，第一个暗喻是秋天的树。第二个是黑夜的到来，“你在我身上会看到黄昏的时候 /……夜幕迅速将它们通统带走”。最后一个是将熄的火焰，“你在我身上会看到这样的火焰 / 它在青春的灰烬上闪烁摇头”。这些比喻都循着相同的步调，即表明时间与说话者已经经过了一番周旋，如今几乎耗尽。当然，暗喻可以单独出现，但莎士比亚在此想通过叠用暗喻而达到强调的效果。换言之，作者可以根据自己的意愿自由决定多用或少用暗喻，而好的暗喻总是富有力量。

我们要注意，不论明喻暗喻，都不必只是一种短暂的插入。整首诗都可以围绕比喻建构，而通常也的确如此。拜伦勋爵在《她走在美的光彩中》（“She Walks in Beauty”，1813）中正是这样做的：

She walks in beauty, like the night
Of cloudless climes and starry skies;
And all that's best of dark and bright
Meet in her aspect and her eyes;
Thus mellowed to that tender light
Which heaven to gaudy day denies.

One shade the more, one ray the less,

Had half impaired the nameless grace

Which waves in every raven tress,

Or softly lightens o'er her face;

Where thoughts serenely sweet express,

How pure, how dear their dwelling-place.

And on that cheek, and o'er that brow,

So soft, so calm, yet eloquent,

The smiles that win, the tints that glow,

But tell of days in goodness spent,

A mind at peace with all below,

A heart whose love is innocent!

她走在美的光彩中，象夜晚

皎洁无云而且繁星满天；

明与暗的最美妙的色泽

在她的仪容和秋波里呈现：

耀目的白天只嫌光太强，

它比那光亮柔和而幽暗。

增加或减少一分明与暗

就会损害这难言的美。

美波动在她乌黑的发上，

或者散布淡淡的光辉
在那脸庞，恬静的思绪
指明它的来处纯洁而珍贵。

呵，那额际，那鲜艳的面颊，
如此温和，平静，而又脉脉含情，
那迷人的微笑，那容颜的光彩，
都在说明一个善良的生命：
她的头脑安于世间的一切，
她的心流溢着真纯的爱情！

（查良铮译）

拜伦在前两行确立了明喻，用“皎洁无云而且繁星满天的夜空”作比。从此处往后，他反复回到明与暗的主题。他告诉我们，明与暗的最美的部分，在她的面庞和眼神中相汇，而且只有在黄昏或者烛光照亮的夜晚，洗掉“耀目的白天”的强光，才能融成那样“淡淡的光辉”。第二节讲的是明与暗的相互作用是如何完美平衡的：多一道阴影，少一缕光辉——也就是说，哪怕朝黑暗多偏移那么一点点——就会“损害”存在于她的黑发（“乌黑的发上”）与她白皙的肤色（“在她颜面上洒布柔辉”）之间的那种完美的平衡（“难言的美”）。到最后一节，那种平衡感依然持续，即便已经退入背景之中，由他对她内在美的赞颂取代。在第一行，他提到（白皙的）脸颊和（乌黑的）眉毛，在第三行中，他描述“那迷人的微笑，那容颜的光彩”，这引他得出这样一条结论：她的岁月在善良中度过，她的胸怀恬静安宁，她的心田纯真无邪。

对于拜伦将外在美等同于心灵纯洁的审美-道德等值律，无论我们可能存有多少疑虑，有一点是确定无疑的，即他真诚地为他见到的这位女子（根据大多数的叙述，那是他妻子的表妹，他见到她时，她身穿点缀亮片的黑衣）的美丽所折服。所幸，他并没有因此而惘然失语，到第二天早上，他告诉我们，这首诗就问世了。

不妨拿这首诗与弗罗斯特的十四行诗《熟悉黑夜》比较一下，那首诗我们在讲押韵的那一章谈过。说话者告诉我们，他直面过黑暗，经历过它的寂静和喧嚣，它的阴和雨，它隐秘的过客，那一点光亮，那“发光的钟”，宣称时间“既不错误又不正确”。在这句话之前，这首诗讲的似乎不过是一位积习难改的夜游者，但提到了正确与错误，暗示还另有含义，也许他遭遇的黑暗既是现实的，又是精神的。不管你是否接受这种解读，这首十四行诗令人难忘之处就在于，它从不错失那位领略过黑暗面的说话者想要表达的主题思想。

这两首诗向我们展示的是，诗歌诞生即便已经有一两百年之久，依旧完全可以读懂，此外，它们还展示了，如何提出一个简单的想法，然后穷尽其中的每一点意义。无论是弗罗斯特的彻底的黑暗，还是拜伦诗中明与暗的游戏，都能牢牢统摄住它们各自的诗，毫不松懈，并且推动和控制信息的释放。这种用延伸隐喻（extended metaphor）统摄整首诗的技巧叫作奇喻（*conceit*）。这一术语通常的定义是指延伸隐喻，但我们也可以用它来指拜伦的明喻——只是明喻通常维系得不那么持久。诗歌中最著名的两个奇喻出自约翰·邓恩之手。在《跳蚤》（“The Flea”）中，说话者告诉他心爱的人，既然那跳蚤把他俩都咬过，从而将两人的血融合了，那他们就近乎结婚了，就该毫不拖延地行夫妻之事。这首诗是写及时行乐（*carpe diem*）——字面意思是“抓住今朝”——的绝妙例子，几乎毫无例外，这种诗的最终目的都是要把诗中所论观点的隐含听者哄上床。他的另一个奇喻是圆规，在《告别词：莫伤悲》（“A Valediction: Forbidding Mourning”，1613）中，他在即将离开心爱的人远行之际，向她保证，无论他离她有多远，她总是那圆规的圆心脚，而他只是可动的圆周脚，虽然貌似无拘无束，却总与爱人代表的那固定的一点相连。

爱情中仿佛有些什么能唤起这类延伸隐喻。当然，这也是因为直接描写爱的行为有难度，不过埃德娜·圣文森特·米莱还是在她的十四行诗第 42 首中抛开了所有娇羞：

What lips my lips have kissed, and where, and why,
I have forgotten, and what arms have lain
Under my head till morning; but the rain
Is full of ghosts tonight, that tap and sigh
Upon the glass and listen for reply,
And in my heart there stirs a quiet pain
For unremembered lads that not again
Will turn to me at midnight with a cry.

Thus in the winter stands the lonely tree,
Nor knows what birds have vanished one by one,
Yet knows its boughs more silent than before:
I cannot say what loves have come and gone,

I only know that summer sang in me

A little while, that in me sings no more.

我的唇吻过谁的唇，为什么，在何地，
我都已忘记，我的头枕着谁的臂弯
直到清晨，我也忘记；而今晚
冷雨中充满鬼魂，敲打着窗玻璃，
叹息着，等待我的回应；
在我心中，一股隐痛搅动翻转，
为了那些被遗忘的少年，
不再于子夜时向我哭泣失声。

就像孤独的树在冬日里茕茕独立，
不知什么样的鸟儿一只一只消失不见，
只知道枝头比以往寂静了许多，
我说不出哪些爱情来过又离开；
只知道夏天曾经在我心中歌唱
一会儿，而如今已经不再。

（刘锦丹译）

好吧，这首诗讲的什么，没有多少疑问。那种坦率，尤其出自一位女性之口，引起了有关她诗歌的激烈争论。但我们的兴趣不在于此。好吧，也许有一点在此。但真正重要的是过去，记住的，还有忘却的过去。在八行组中，说话者没能回忆起一系列前任情人的名字。她记不得她吻过的或者与她共度良宵的那些人；他们化作鬼魂，徒然敲打窗户，希望进来。而她只知道，他们不会再来了。

假如这首诗只有八行，我们也许会得出结论，它有点惊世骇俗（当它于一九二〇年首次发表时），或者有点挑逗（现在）。但是当它在六行组中转向主题时，我们便能看到其中表达的比轻佻更加伟大的东西。米莱完全踩着莎士比亚的足迹向我们走来，她的冬天的树，消失的鸟儿，寂静的枝丫，还有“不再在我心中歌唱”的逝去的夏季。写这首诗的时候她三十二岁。正是因此，我们最好把诗中的说话者看作虚构的存在。顺便一说，考虑到她包罗万象的品味，假如她以自己的口吻说话，很可能会把她的少年们改为男人和女人们。但在这里，对我们而言重要的是，六行组描写冬季景象的方式改变并丰富了八行组中的暗喻。他们不仅仅是被遗忘的情人，还是代表逝去的青春的形象。这是奇喻在贯穿整首诗的过程中加深、延伸的例子，很多伟大的奇喻就是如此。而考虑到这里奇喻可以贯穿的长度仅有十四行，这首诗做得已经很不错了。

这部分推脱了这么久，现在必须要让步，讲讲象征了。我有一句话要说：没错。没错，你刚才问的那个是象征。没错，那个也是。再说了，你干吗还问呢？你已经很有把握了。而且没错，你也确实知道它的意思。象征。有了它让人坐立难安，离了它让人辗转反侧。不过天知道，还是有很多人想试试没有象征地活着。

明喻和暗喻是相当直接地用一物代替另一物。我的爱人像朵红红的玫瑰。没有多少回旋余地：爱＝玫瑰。年老之人＝暮秋之树。在这两个例子中，都是一个成分承担另一成分的含义（所谓的喻体－喻旨）。说到象征，就没有这样好的运气了。

本质上，象征（symbol）是指一个事物、行为或词句代表本身之外的某种东西。这个东西可以是一种观念，一种存在的状态，一种精神状况，什么都可以。到目前为止，一切都还好。只是那“某种东西”不仅指一种，或不只是一种“东西”。假如一组意义偏移的关系是一对一的替代，我们称之为寓言（*allegory*[①]），而非象征手法（symbolism）。在《了不起的盖茨比》中，看到黛西[②]家码头上的那点绿光，我们知道那代表某种东西，但那东西到底是什么，却可能存有疑问。也许每位读者都会想出一个含义，而那种含义未必与尼克·卡拉威理解的契合，更别说盖茨比自己的理解了。那绿光包含很多可能性，其中许多也并不相互排斥：我们也许能感觉到，它对我们来说同时拥有着好几种含义。从任何著名的文学象征中我们都可以发现同样的情况，从梅尔维尔的白鲸到哈克[③]的木筏，到哈利·波特的疤痕，再到弗罗多[④]的指环。没什么好怕的。

你想在诗歌里用象征？试试这些：正被镰刀割倒的一片牧草，雪夜的一片树林，两个邻居正在重修的一堵石墙，沼泽边缘一堆废弃的木柴，几棵被压弯的白桦树，森林中一条分叉的路。这些都是同一位诗人的作品，你很可能已经认出来了。弗罗斯特从自然中抽取这些象征，你也可以说是经人力重塑过的自然。但在每

① 也译作讽寓，指有宗教、政治或道德寓意的文艺作品，其中人物往往代表特定的抽象概念或含义，如约翰·班扬的《天路历程》和乔治·奥威尔的《动物农庄》就分别是典型的宗教寓言和政治寓言。

② Daisy，美国作家菲茨杰拉德的小说《了不起的盖茨比》中主人公盖茨比爱慕的女子，下面提到的尼克·卡拉威是小说的叙事人物。

③ Huck，马克·吐温代表作《哈克贝利·费恩历险记》中的主人公。

④ Frodo，英国作家托尔金《魔戒》中的人物。

个例子中，他提出的关于人的问题要比关于自然的问题多。那些诗也没有给出简单的答案：这些象征，每一个都超越其本身特性而指向更普遍的状况，暗示一系列可能的含义。那些白桦树是暗示青春记忆的怅惘吗？还是暗示探索来世同时又不离开今生的欲望（这一点说话者表达得很明显，他说他希望爬“向”天堂，但又不想达到目标，而是轻轻落回地面）？还是说植物或人类客体在抵抗自然的更大力量时的力不从心？是某些含义的结合？抑或有完全不同的其他含义？

最让人恼火的是：选择在你。哦当然，你会受限于自身生活和阅读经验，至少稍微受限。我发现几十年来自己的解读也随生活境遇的改变而发生了改变。同时，文本本身也排除了某些含义。弯曲的白桦树没有告诉我们“火星人已经来了”，或者“拯救鲸鱼”；文本中根本没有支持火星鲸鱼的内容。但是即便我们排除了所有胡言乱语的理解，还依然存在相当广阔的可能性等待我们去发现。

记得上初中的时候，当老师问“那是什么意思？”全班便会一片默然。我们觉得有一个答案，老师理解的标准答案，猜错的话就会出丑。现在回想起来，我们也并不知道这样一种答案是否真的存在，但当时我们就是这样觉得的，你明白吗？我猜想，那时候老师知道总会有多个好的答案；但奚落并非来自讲台上的老师，而是来自身边的同学。不管怎么说，如今我们对读者更加信赖，相信他们可以做出恰当的选择，尊重文本的同时又能形成言之成理的解读，就文本提出好问题——必要的时候也向老师提出问题——这样他们的解读便能有理有据，有趣而智慧。拥有你自己的解读，它不会与其他人的解读完全相同，但那也不错。实际上，比不错更精彩。

第十三章

高声朗诵

最近，朋友发给我一个链接，内容是三个人用说唱形式表演《坎特伯雷故事集》的总引。表演很棒，尽管这句评价是出自我之口。比起说唱，我对乔叟的了解要多得多。有意思的是，这首诗和节奏配合得十分协调，说唱歌手看起来一点也不勉强。这让我们想到几件事。首先，我们从最古老的记载中了解到，在几乎所有文化中，诗歌表演都有着某种形式的音乐伴奏，哪怕只是打击乐——你知道的，就像说唱，或者像二十世纪五十年代的垮掉派诗歌[①]一样。其次，乔叟本身就属于口头表演这一传统，而且是将口头表达与书面文本相结合的早期英语文化的一部分。

除了使我们认识到伟大的叙事诗可以改编为当代形式，这件事还提供了一个契机，让我们去思考那些不是为书面阅读，而是为口头表演

① Beat poetry，指垮掉一代诗人的诗歌。垮掉的一代（the Beat Generation）是二战之后出现于美国的一群年轻诗人和作家，以离经叛道、惊世骇俗的生活方式与文学主张震撼了 20 世纪五六十年代的美国主流社会。“beat”有“疲惫”“潦倒”之意，同时又与音乐的“节拍”有关。这派诗人经常举行诗歌朗诵会，击节伴奏。最重要的代表作是艾伦·金斯堡的《嚎叫》。

而创作的诗歌。与之相较，我们读过的大多数诗都是为阅读而创作的。

可能你跟我一样，小时候，有些诗是需要背诵的。也许是一首十四行诗，也许是《坎特伯雷故事集》总引的开头几行，或者是《乡村铁匠》（“The Village Blacksmith”）。相比之下，十四行诗总是莎士比亚写的，而那几行乔叟，各地的大学先修课程[1]老师都狠心地要求用中古英语背诵，好“体会一下那种语言的感觉”。难怪背诵变得臭名昭著！举例为证：

Whan that Aprille with his shoures soote,
　　[When April with its sweet showers,]
The droghte of March hath perced to the roote,
　　[Has pierced the drought of March to the root,]
And bathed every veyne in swich licóur
　　[And bathed every vein in such fluid]
Of which vertú engendred is the flour[.]
　　[Whose strength engenders the flower.]

当四月带来它那甘美的骤雨，
让三月里的干旱湿进根子去，
让浆汁滋润每棵草木的茎脉，
凭其催生的力量使花开出来。

（黄杲炘译）

① Advanced Placement，美国大学预修课程，是美国大学理事会提供的在高中授课的大学课程，得到一定的成绩后可获得大学认可的学分。

我在原作后面提供了一个“译文”，好让你明白大致的意思。不过这一章我们讨论的是口头诗歌，而这一位，乔叟，正站在口述传统与“现代”书写诗歌的边界上。因此，诗人和听众都明白，他的艺术是要当众朗诵表演的艺术。要达到充分的效果，就得大声朗读，而对于我们大多数人而言，这太可怕了，还有点尴尬。首先，要像读德语那样读，还带点法语腔调。这就意味着，要把“shoures”“soote”“ende”词尾我们不发音的 *e* 读出声来。而且像“droghte”中那种我们现在不发音的内部辅音群，也要咕噜噜念出声来——要把词放在喉咙后部，让它在那里稍微震动一下。最重要的是，别不好意思。就像小罗伊·布朗特①谈到模仿小理查德②时说的那样：你得放得开。

你如果读出声来，几乎立即就能听出诗行中的乐感。你可以唱，可以吟，或者像我们在网络上看到的那几位朋友一样，可以以说唱的方式演绎出来，正是因为这些诗句是有音乐性的。有节奏，有旋律。就看开篇的几行吧：“Whan that Aprille with his shoures soote”（当四月带来它那甘美的骤雨）。“his shoures soote”中嘶嘶的齿擦音简直是在恳求你读出声来。这一段几乎自己就在歌唱。尽管这些诗行基本都有十个或十一个音节，读起来却是某种四音步，有的是扬抑格，有的是抑扬格，偶尔夹杂着抑抑扬格（或者很弱的抑扬格），于是每行有四个强重音，使之适合说唱。

假如向前快进六个世纪，我们会再一次发现，有些书面诗歌需要通过朗诵来达到最佳效果，有时最好是配上爵士乐队伴奏。我们

① Roy Blount Jr.（1941— ），美国幽默作家。

② Little Richard（1932—2020），美国当代摇滚歌手、作曲家。

对垮掉一代文化的老套认识包括山羊胡、贝雷帽、条纹棉毛衫、打响指，以及一位十分嬉皮的爵士乐手零星敲着小鼓朗诵自己的诗歌。不，并非都是这样。但有段时间确实如此，而我们老套的认识就是由此而来的。很多垮掉一代的诗人都为朗诵而创作诗歌，你会发现其特质就是令人喘不上气，最适合在上气不接下气的时候朗诵。像这一首：

I saw the best minds of my generation destroyed by madness, starving hysterical naked,

dragging themselves through the negro streets at dawn looking for an angry fix,

angelheaded hipsters burning for the ancient heavenly connection to the starry dynamo in the machinery of night[.]

我看见我这一代的精英被疯狂毁灭，饥肠辘辘赤身露体歇斯底里，

拖着疲惫的身子黎明时分晃过黑人街区寻求痛快地注射一针，

天使般头脑的嬉普士们渴望在机械般的黑夜中同星光闪烁般的发电机发生古老的神圣联系［。］

（文楚安译[①]）

这是艾伦·金斯堡《嚎叫》（*Howl*）开篇的几行，它开启了整个垮掉一代的节拍狂热。它自始至终保持着开篇那种迅猛向前、令

① 中译排版根据英文原诗有所调整。

人难以呼吸的气势。听听金斯堡朗诵这首诗——或者即便只听一小段——读者便难免会好奇，他会不会读不到行尾就累趴下，更别说读完整首诗了。开头几个词，“我看见我这一代的精英”给人造成一种错觉，以为他的语言多少是规范的、克制的；然而，实际却是一股持续不断的语言喷涌而出，将那个沉滞的观念猛力冲刷向房间后部。在“饥肠辘辘赤身露体歇斯底里”，或“天使般头脑的嬉普士们”，或“古老的神圣联系”中，语言的激浪将听众（甚至沉默的读者）驱赶到下一行，下一行，再下一行，不停不歇。金斯堡本人说这首诗是一次长诗行实验，诗行以一次呼吸为单位，而他天赋异禀，肺活量极大。在这一点上，与他兴趣相投的还有“黑山派诗人”（“Black Mountain Poets”），即那些在黑山学院任教的作家，像查尔斯·奥尔森（Charles Olson）、罗伯特·克里利（Robert Creeley）和罗伯特·邓肯（Robert Duncan），他们开始实验以“呼吸单位”作为诗行长度，也就是说，诗行的长度是一口气能说出的词的数量。奥尔森是大块头，克里利是小个子，他们的诗行长度反映出他们身材的差异。在金斯堡的例子中，他显然想用这些诗行把他的肺活量推到极限，就像第三行那样，可以一口气说出十八个单词，甚至更多，而且只是偶尔用句号结尾，让朗诵者停下来喘口整气儿。

垮掉一代作家的这种口头表演倾向当然是诗人中常见的特点，而且不只是金斯堡，还有其他诗人，像他的出版人，本身也是诗人的劳伦斯·费林盖蒂[1]，他们的朗诵几乎和他们创作的作品获得了同样高的声誉。对于垮掉一代的作家，朗诵活动司空见惯。就连安东尼纳斯兄弟（威廉·艾弗森）那样的二流人物，身穿流苏夹克，头

[1] Lawrence Ferlinghetti（1919—2021），美国诗人、画家、社会活动家、出版人，代表作有诗集《心灵的科尼岛》。

戴平沿帽，都会成为引人入胜的朗读者，即便他晚年因患帕金森症声音抖得厉害，依然魅力不减。参加表演的不仅有诗人，连小说家也登台献艺，比如一九五九年，杰克·凯鲁亚克就曾参加《史蒂夫·艾伦秀》，在艾伦的钢琴伴奏下朗读《在路上》的结尾。后来两人还合作录制了整张钢琴伴奏的诗歌朗诵专辑。诗人和爵士乐队合作的现象很快变得声名狼藉，几乎成为无穷无尽戏仿的对象，但是看看那段随处可寻的电视片段，或者听听那些录音，我们无法否认，这样的场面确实令人兴奋。

这种兴奋解释了二十世纪末、二十一世纪初的诵诗擂台赛（*poetry slam*）的魅力。想体会一下诵诗擂台赛的话，可以搜搜泰勒·马里[①]表演的《老师如何成就学生》（"What Teachers Make"），保证可以调动观众的情绪。诗歌很快从相对静态的书面形式变成一种活跃的，有时堪称狂热的表演方式。在这种表演中，相对于如何表演文字，书页上的词语——如果还存在的话——很可能退居其次。诵诗擂台赛诗歌与说唱音乐有诸多相似之处：强调重节奏（诵诗擂台赛上重节奏并不总占主导地位，但很可能会出现）、注重真实性、了解词语的听觉效果、接纳偶尔的技巧粗疏。完美不如感染性重要。不常读诗的人有时会沉迷诵诗擂台赛，不过这当然算不上最糟糕的成瘾。这是不是意味着书面诗歌正受到这个新兴暴发户的威胁呢？这一危机大概并不比诗歌一直以来所受到的各式威胁更严重。有证据表明，本世纪第一个十年内的诗集销量有所下降，但诗集从来都不是利润丰厚的商品，它更像是出版商和书店的赔钱大头。不管销售下滑的原因何在，诵诗擂台赛不太可能是罪魁祸首。

① Taylor Mali（1965— ），美国诗人、幽默作家、教育家。

要说有什么影响的话，它引发的热情说不定还能为这种更传统的方式带来新读者。

这些都说明什么呢？只能说，人们总有一种渴望，希望艺术的创造者对我们说话，告诉我们一些东西，为我们歌唱，为我们朗读，为我们吟诵。

我们一直讲的主要是不时在公众间传播的书面诗歌。但那些一开始便从未付诸笔端、只存在于篝火旁或宴饮中、为不识字的听众吟诵的诗歌又是怎样的呢？要知道，这些诗歌的文学性不会因此减损。它们只是失传了，和大多数的口传史诗一样，要么是没有记录下来，要么是有过书面记录（通常出现于最初讲述的几世纪之后），却不知何故散轶了。这些故事往往是涉及真实或想象（或者两者兼而有之）的长篇英雄故事，记载着恢宏的事件，故事中的勇士除了与其他勇士搏斗，还要同神灵或怪物战斗。这些诗歌到底是怎样产生的？表演者是如何记住那些诗句的？为什么这些长得惊人的故事是用诗体写成的？

我们先讲记忆的问题，这会在极大程度上帮助我们看清全局。怎样才能记住像《伊利亚特》或《奥德赛》这样超出两万行的史诗呢？练习，年复一年的练习。歌手从小就成了学徒，而且职业之路仅此一条。荷马时代（约略从公元前十二世纪到公元前八世纪）并没有留下可靠的记录，但是在时间上更晚的，从不列颠群岛到土耳其内陆地区的口述传统确实为我们提供了线索。

有几种要素对学习文本，并在表演过程中能记住——更重要的是重新找回——诗行的位置有所帮助。首先，史诗的诗行有严格的韵律（*rigid meter*），一种强劲，甚至不可偏离的节奏。在希腊史诗中，我前面提到过，这种节奏是扬抑抑格六音步（即“当-嗒-嗒”，一行中重复六次）。这种格律对表演者和听众都意义重大。想象一下吧，假如你是歌手，突然间忘了某一行的节奏，比如说，第17201行，那你可能在晚上剩下的时间内一直很慌，至少在你可以开始新一段之前会是这样。

每种口传史诗的传统都有具有自己特色的程式，即对人物、事物和神祇的特定别称和描述。雅典娜是“灰眼睛的”（“gray-eyed”）或“明眸的”（“bright-eyed”）或“目光炯炯的”（“of the gleaming eyes”）。用三种方式说一件事？为什么呢？你可以说是为了多样性，也不能算完全没道理。但是每一种套话（或说程式）——雅典娜还有很多别的称呼呢——都有其特定的节奏，在一个韵步的第一拍上，或在第二、第三拍上进入诗行，在那个韵步或下一个韵步的另一个特定节拍上结束。这些程式存在的主要目的是保持节拍，但也有次要的效果，即让忘词的歌手很快重新找到拍子。

有些程式我们现在也可以理解，可还有“牛眼睛的赫拉”这样的说法，让我摸不着头脑，即便眼睛像牛眼一样又大又圆可能被认为是美的标准，我们也不会这样表达。但另一方面，二十世纪六十年代曾出现过崔姬[①]现象，所以说不定希腊人真的有此追求。我教《伊利亚特》的时候，肯定会有人问，比如说，为什么赫克托耳在此处是“头盔闪亮的”，在另一处又是“杀人如麻的”赫克托耳，在第三处又是“光荣的”，还有一处又称“普里阿摩斯之子”呢？我回答过后，很快又会有人问。有时问的又是这同一个问题。因为他们没法相信那种解释是真的。作为英语专业的学生，或者至少是

① Twiggy（1949— ），英国模特、歌手、演员，身材细瘦，眼睛大而圆。

训练有素的读者，他们总觉得是自己读得不够深入，在某段中选择这个或那个描述语，一定有某种隐秘的含义，因为作者做出这些选择是要传达信息的。

而他们的问题正在于此。作者。《伊利亚特》从来没有那样的一个作者。相反，它是从口述传统中生长起来的。我们已经太习惯于想象文学作品是某个孤独的头脑在某个孤独的地方创造出的劳动成果，而无法真正理解口头文学。荷马史诗可能是这样出现的：在某件可能发生过也可能没有发生的事件之后的某个时间点，在阿纳托利亚某个可能曾经是也可能不是特洛伊的地方，有个靠游走四方唱诗换取饭食的男人（男人这点很肯定，只是因为这样的表演者毫无例外都是男人），创作了一首长篇叙事歌曲，讲述阿喀琉斯因为战利品新娘被希腊主帅阿伽门农夺去而动雷霆之怒。随着他在各种酒席宴上反复表演——因为他极有可能是位游历四方的艺人——故事越来越复杂，细节越来越丰富，内容越来越充实。他的徒弟，又或许有很多徒弟，也会学习这个故事，等徒弟自立门户的时候，就会带着这个故事，还有几个别的能让酒足饭饱后的希腊人心满意足的故事，开始行艺。而他也可以自作主张，给这首歌增加更多细节，做更多改进，后来徒弟也收徒弟，那些再传弟子们自立门户时，又增加自己的修饰。就这样，故事逐渐成长，等到书写体系出现，足以将之记录下来时，有人把他听到过的都写了下来，由此定稿。这部史诗，可能就像所有的口传史诗一样，历经几世纪的增添和美化。但是直到吟诵史诗时代几乎逝去之前，并没有一位独坐书斋的“荷马”，手执鹅毛笔，笔耕不辍。

我们怎么能这么肯定这故事就是这样出现的呢？因为在这部史诗创作的时代，希腊人缺乏我们所知道的书写体系。确切地说，在

《伊利亚特》中，有一处提到了书写。他们的确可以使用一种拿尖笔在湿泥板上划的、叫作线性文字 B（Linear B）的语言系统做记录。这是一种音节文字——例如汉语——就是指一个字表达整个音节（一共八十七个音节）。至于我们所知道的希腊语？刻在兄弟会会堂中的希腊文，他们跟我们一样是不认识的。

咱们还是回到主要问题吧：表演者如何能从事如此浩大的工作，而且能坚持不懈？除了格律和程式，还有其他几个因素：

• **重复**（1）。游吟诗人很像在酒吧的欢乐时光演出的钢琴手。客人很多，而且很多人已经喝了不止一杯，背景噪音喧嚣。诗人该怎么办？反复重复。任何重要的信息和命令都要说三遍。宙斯让他的信使伊里斯传信给阿伽门农，让他召集众将领。伊里斯奉命在阿伽门农的睡梦中传达信息，一字不差。阿伽门农醒来，又告诉弟弟墨涅拉奥斯——还是一字不差——说他做了个梦，梦中说他应当召集将领。完全相同的措辞读三遍让人很疲惫，可现场表演的时候，这样做效果还是不错的。

• **重复**（2）。整行整行的诗句经常会重复，要么全部重复，要么换换名字，比如我们看到不同的两个人准备作战时，描写词语完全相同。任何东西都可以根据需要即席裁剪。

• **明喻**。这种情况叫作荷马式比喻或史诗性比喻。其中一些比喻本身就具有史诗性。当某个重要时刻来临时，诗人描述的方式是将之比喻为自然中的事件—— 一头狮子追逐猎物（最喜欢用的比喻），一匹狼，一头熊，一条洪水汹涌的河，一片麦田——然后铺陈好几行。

你可能不具备阅读古希腊语的能力，我是肯定不具备的，故而我们没法讲《伊利亚特》的格律有多规整，但我们可以看看其他要素。下面是第十章开头，讲阿伽门农派奥德修斯（当然还有一部关于他自己的史诗）和希腊将领中凶猛程度仅次于阿喀琉斯的狄奥墨得斯夜探敌营，结果由于后者的出马，这次任务变成一场大肆杀戮：

Now beside their ships the other great men of the Achaians
slept night long, with the soft bondage of sleep upon them;
but the son of Atreus, Agamemnon, shepherd of the people,
was held by no sweet sleep as he pondered deeply within him.
As when the lord of Hera the lovely-haired flashes his lightning
as he brings on a great rainstorm, or a hail incessant
or a blizzard, at such time when the snowfall scatters on the ploughlands,
or drives on somewhere on earth the huge edge of a tearing battle,
such was Agamemnon, with the beating turmoil in his bosom
from the deep heart, and all his wits were shaken within him.

阿开奥斯军中的其他首领屈服于
温柔的睡眠，整夜在船边沉入梦境，
唯有阿特柔斯的儿子，士兵的牧者
阿伽门农一直未能进入甜蜜的梦乡，
他的心里还在盘算着许多要务军机。
有如美发的赫拉的丈夫发出闪电，
降下狂烈的暴雨或是冰雹、寒雪，

雪花飘落到田间或杀人的战争的大口里，
阿伽门农也这样从心底不断发出
叹息，胸脯不住颤动，心中倍感忧烦。[①]

（罗念生、王焕生译）

是的，在这里我们看到了程式。阿伽门农是“士兵的牧者”，赫拉是“美发的”。还有重复。我想史诗中每个失眠的人都“未能进入甜蜜的梦乡”，而更有福气的那些都“屈服于温柔的睡眠”。除此之外，他发现自己“心中倍感忧烦”，一个反复出现的程式。这位国王内心的动荡被比喻成向大地发射闪电的宙斯（他当然是赫拉的丈夫）带来的暴风骤雨。那一特定的比喻只有四行，还不包括被比喻的东西，即阿伽门农内心的风暴，所以在荷马式比喻中只是个小不点儿。尽管如此，他经历的内心斗争是毫无疑问的。目标听众按我们的标准可能阅历不深，但他们与土地亲近，诗中描述的暴风雨疯狂肆虐是什么情形，他们是明白的。不止如此，在英雄故事中，他们也期望听到感觉强烈的比喻。

关于诗歌的语言不断提醒我们，首先，诗歌存在总是为了说和听的。“你在这一行中听到了什么？”“诗人的声音是确定无疑的。”“他的耳朵缺乏乐感。”“最后一行是第二行的回响。”“这首诗在对我们诉说。”诗歌也确实应该如此。我们想听诗对我们说话，听它的音乐，感受那种声音。而且历史提醒我们，就连国王也喜欢听别人给自己读诗。

① 此处根据英文内容，将罗、王译文的最后两行稍加改动。

第十四章
游吟诗人与披头士

当真？歌曲？今日流行明日就遗忘的歌曲？“那翻个身儿，莎士比亚和惠特曼，给猴子乐队[①]腾个地儿？”严格说来，这不是我要表达的意思，可既然你已经说到这儿，我们或许该记住，二〇一六年，一位叫鲍勃·迪伦的现代游吟诗人获得了诺贝尔文学奖。而最早的游吟诗人，阿纳尔多·达尼埃尔和伯特兰·德·伯恩（Bertran de Born）以及他们的许多同道，都是法国南部的诗人兼乐手，在中世纪晚期巡回表演。七个世纪之后，埃兹拉·庞德——他本人也非等闲之辈——宣称达尼埃尔是有史以来最伟大的诗人。

再者，猴子乐队的热门歌曲很少是他们自己创作的。替他们操刀的大多是些杰出的语言大师，包括尼尔·戴蒙德和卡洛尔·金。

首先需要承认的是，歌曲的语言普遍遵循诗歌的模式。在英语中，正如我们早就证实过的，那基本意味着用抑扬格和扬抑格这种两音节的音步。那歌词一行有多少音步呢？哦，这就得艺术说了算

① The Monkees，又译作门基乐团，是美国流行摇滚乐队。

了。但歌曲也有自己追求的目标。在一种转瞬便结束的形式中，对听众的关键吸引点，无论是曲调的节奏／旋律方面的，还是歌词方面的，都比诗歌中的还要重要。来试试这个：

> *The Mississippi delta was shining like a National guitar.*
> PAUL SIMONE, "GRACELAND"

> 密西西比三角洲闪闪发光，如同一把国家吉他。
> 保罗·西蒙：《雅园》

让人怎么抗拒得了？我的答案是：无法抗拒。西蒙的聪明之处在于开篇就借国家牌钢棒吉他引入布鲁斯——那种并不昂贵的共鸣乐器，是大多数早期布鲁斯乐手都买得起的——以此来比喻他们的故乡，密西西比三角洲。这出人意料，一下便抓住我们的注意力。并非所有歌曲的第一句都能像这句这样唤起人们的共鸣，但很多人都期望达到这样的境界。

而即便题目本身也能让人感受到紧接其后的歌词将充满诗意。想想威利·尼尔森（Willie Nelson）的《时光悄然流逝》（"Funny How Time Slips Away"）：题目背后的故事简直呼之欲出，还有不稳定的韵律——"Fún-nĭ hŏw tíme slíps ă-wáy"——暗示这首歌具有诉说而非歌唱的成分。相对而言，尼尔·杨（Neil Young）的《一根针，伤害已经造成》（"The Needle and the Damage Done"）暗示一种要整齐得多的节奏，某种近乎行军的节奏。而我们对后面将发生的故事也几乎了然于胸。在《雷霆之路》（"Thunder Road"）和《为奔跑而生》（"Born to Run"）中，布鲁斯·斯普林斯汀（Bruce

Springsteen）提示将要出现富有活力的旋律和歌词。《飞越彩虹》（“Over the Rainbow”）暗示一种梦幻的不真实的特质，尤其是在大规模航空旅行的时代到来之前，而且这首歌表达得也十分优美。也确实有很多题目故意缺乏想象力。琼妮·米切尔[①]的《如今看到两面》（“Both Sides Now”）除了“如今”暗示某种想法的转变，几乎没有透露后面将出现的痛苦失望。

歌曲一直利用诗歌。“诗”与“歌”在它们的诗性起源中便难解难分。“诗”（verse）出自拉丁语的“*versus*”，意思是“反”或“转”，与耕地有关，指每一陇耕到头时都要转头。我们该庆幸这词只有五个字母——希腊语中表示同样意思的词叫“*boustrophedon*”（牛耕式转行书写法）。而“歌”（chorus[②]）与歌舞女郎或大腿舞没什么关系，是希腊戏剧中的一群男人（顺便提一下，他们站在一个叫作“歌舞场[③]”的圈中），他们和角色互动，角色下台的时候，他们要填补中场时间，歌唱或者吟诵戏剧颂诗（dramatic odes）。当然，颂诗就是一类诗。

但是，让我们在时间的迷雾中驻足，只在民歌的迷离往昔中停留吧。精确地说，是从一九六六年保罗·西蒙和加芬克尔出版专辑说起，他们用下面这首歌中的第二行作为专辑的题目，并以这首歌对应西蒙自己创作的《颂歌》（“Canticle”）。

Are you going to Scarborough Fair

---

① Joni Mitchell（原名 Roberta Joan Anderson，1943— ），加拿大民谣歌手、词曲作家、画家、诗人。

② 这个词也可以表示“合唱队”“歌舞队”。

③ orchestra，此处指古希腊剧场中演员唱歌跳舞的舞台，如今指管弦乐队。

Parsley, sage, rosemary and thyme

Remember me to one who lives there

She once was a true love of mine

你要去斯卡波罗集市吗

欧芹，鼠尾草，迷迭香和百里香

请代我向住在那里的一个人问好

她曾经是我的真爱[①]

早在保罗·西蒙从英国民歌手马丁·卡西（Martin Carthy）那里学这首歌之前，《斯卡波罗集市》就已存在很久了，卡西又是从佩吉·西格（Peggy Seeger）和尤恩·麦克科尔（Ewan MacColl）的一部歌曲集中看到它的，而歌中的一句又可追溯到几百年前的约克郡，斯卡波罗就坐落在那里。鲍勃·迪伦在《北方乡间的女孩》（“Girl from the North Country”）中借用过这一旋律。怎么样，这些名字对任何讨论而言都足够传奇吧？

诗歌的表达手法，歌曲想用多少就用多少。首先，配乐强化了格律的规范。在上面的例子中，诗是以扬抑格开头的四音步（“Áre yŏu”“párs-lĕy”）诗行写成的，之后转为以抑扬格结束（“rŏugh fáir”“ŏf míne”）。这几行中有的偷偷加进了第九个音节（第一行中的“gó-ĭng tŏ”），甚至有一行中还有第十个音节，还有一行是十一个音节。在歌曲中这更容易混过去。当然，整首歌押韵格式都是ABAB。这多少容易些，因为B韵总是相同：“thyme”“mine”。真

① 译者不详。

正吸引我们眼球——还有耳朵，因为这是首歌嘛——的东西，是每节相同的第二行：“Parsley, sage, rosemary and thyme”（欧芹，鼠尾草，迷迭香和百里香）。它构成副歌的一半，即不变的第一句；另一半副歌则从“She once was a true love of mine”（她曾经是我的真爱）变为“Then she shall be a true love of mine”（然后她就可以成为我的真爱），再变为“And she shall be a true lover of mine”（于是她就会是我真正的爱人），又变为“Then she shall be a true lover of mine”（然后她就会是我真正的爱人）。注意后两句中的“love”多了一个字母，让我们不禁思考“love”和“lover”之间的差异。这首歌有种显而易见的诗意，这种诗意在主要是“宝贝，宝贝，宝贝，耶，耶，耶”之类的歌词中很可能是找不到的。

同样具有诗意的还有下面这首，威廉·巴特勒·叶芝的题为《在柳园旁边》（“Down by the Salley Gardens”）的诗：

Down by the salley gardens my love and I did meet;
She passed the salley gardens with little snow-white feet.
She bid me take love easy, as the leaves grow on the tree;
But I, being young and foolish, with her would not agree.

In a field by the river my love and I did stand,
And on my leaning shoulder she laid her snow-white hand.
She bid me take life easy, as the grass grows on the weirs;
But I was young and foolish, and now am full of tears.

在柳园旁边和我的爱[1]相见，
她雪白的纤足穿越过柳园。
她劝我爱情要看淡，如叶生树梢；
但我年轻又痴心，不听她劝告。

在河边的田里和我的爱并立，
她雪白的手扶在我斜倚的肩际。
她劝我人生要看开，如草生堤堰；
但我年轻又痴心，此刻泪涟涟。

（余光中译）

关于这首诗有这样的说法：叶芝说他听一位老妇人唱了一首歌，歌词她只记得三句，还不很确切。当然，叶芝完全有能力编造出这样一位老妇人，但实际上确实有这样一首传统歌曲，叫作《漫游的快乐男孩》（“The Rambling Boys of Pleasure”），其结构和措辞基本相同。顺便提一句，“Salley”表示柳树，美国人只在这首诗中见过这一用法。诗歌内容很直白：男孩迫切地想得到女孩，女孩告诉男孩别那么急，男孩坚持，追得太紧，于是女孩离开他，他为失去恋人而伤悲。这是首动人的诗，声音与意象都很美，就像这个明喻，“如草生堤堰”（“as the grass grows on the weirs”）。在一首咝擦音和流音占主导的诗中，除了在那个明喻中，没多少 *g* 或 *k* 这类硬音。想想这组对句，“In a field by the river my love and I did stand, / And on my leaning shoulder she laid her snow-white hand”（在河边的

① 余译将每段第一行中的“my love”译为“我的情人”，此处均改为“我的爱”。

田里和我的爱并立，/她雪白的手扶在我斜倚的肩际)，其中有*f*、*v*、*l*、*r*、*s*音。你找上一星期也未必能找到比这两行更温柔甜美的诗句。可以说，极为抒情。

说得没错，可这和歌曲有什么关系？

有两点关系。第一点，假如你回忆一下叶芝的说法，他的灵感来自一位老妇人唱的一首记不全的歌，这首诗的生命就源自歌曲。的确，他最初取的题目是《老歌重唱》(“An Old Song Re-Sung”)。第二点，好几位现代作曲家或为此诗配上已有的曲调，或为它谱曲。其中最重要的是现代巨匠本杰明·布里顿(Benjamin Britten)，他为这首诗配上乐曲，让他的搭档歌手彼得·皮尔斯（Peter Pears）演唱。这首歌的演唱，包括布里顿伴奏、皮尔斯演唱的版本，网上都有。所以在这个例子中，诗歌与旋律关系十分明显。叶芝的其他一些诗也配了乐，著名的有琼妮·米切尔为《再度降临》(“The Second Coming”）配的曲，歌曲名为《向伯利恒跋涉》(“Slouching toward Bethlehem”)，网上也可以找到。该诗不像《在柳园旁边》与配乐那么水乳交融，米切尔做了些编排改动，但基本还是忠于原诗。这首十四行诗中还回响着叶芝更令人迷惑的、有关预言的内容，以及无法从演唱中听出，也无法理解的内容。说到底，对于未经训练的听者而言，“Spiritus Mundi”（大概意思是“世界灵魂”）简直不知所云；本来印在书页上就够让人迷惑了。对于叶芝的忠实读者，改编的结果乍听起来颇不协调，但那是我的问题，你听着可能没问题。这两首诗的配曲表明，某种传统的诗歌适合用旋律阐释。它需要格律规范，而朗朗上口的押韵又额外加分：我们觉得歌曲就该押韵。如果概念或形象不太挑战听众，则更有帮助，正是因此，相较于《再度降临》或叫《向伯利恒跋涉》，《在柳园旁边》中音乐与诗歌的联姻更美满。

陌生的词语倒未必成为障碍。考虑一下两种人，一种是专业诗人，另一种是游吟诗人，巡游表演者。这两类诗人都痴迷于搜集民间旋律，并毫不羞愧地加以修改借用。罗伯特·彭斯漫游乡间搜集旋律，可以被归入最早的民间歌曲研究家之列。如果歌曲带有歌词，出于类似保持文化纯洁性的爱好，他就坚持继承歌曲的传统歌词。找不到歌词的时候，他便自己填词。结果就是，如今的世人不只拥有《友谊地久天长》（“Auld Lang Syne”），还有《汤姆·奥桑特》（“Tam o’Shanter”），《深情的一吻》（“Ae Fond Kiss”），《不管那一套》（“A Man’s a Man for A’That”）。还有这一首：

O my Luve’s like a red, red rose
That’s newly sprung in June;
O my Luve’s like the melody
That’s sweetly play’d in tune:

As fair art thou, my bonnie lass,
So deep in luve am I:
And I will luve thee still, my dear,
Till a’ the seas gang dry:

Till a’ the seas gang dry, my dear,
And the rocks melt wi’ the sun:
I will luve thee still, my dear,

While the sands o' life shall run.

And fare thee weel, my only Luve
And fare thee weel, a while!
And I will come again, my Luve,
Tho' it were ten thousand mile.

啊，我的爱人像朵红红的玫瑰，
　六月里迎风初开，
啊，我的爱人像支甜甜的曲子，
　奏得合拍又和谐。

我的好姑娘，多么美丽的人儿！
　请看我，多么深挚的爱情！
亲爱的，我永远爱你，
　纵使大海干涸水流尽。

纵使大海干涸水流尽，
　太阳将岩石烧作灰尘，
亲爱的，我永远爱你，
　只要我一息犹存。

珍重吧，我唯一的爱人，
　珍重吧，让我们暂时别离，
但我定要回来，

哪怕千里万里！

（王佐良译）

《一朵红红的玫瑰》（"A Red, Red Rose"）很著名，也著名得很有道理。这首诗本身就甜美温柔，旋律在这里无法呈现，但网上到处找得到，与歌词配得可谓天衣无缝，柔美，舒缓，让人心安。假如你必须把心爱的人抛下，就像诗中的说话者那样，最好要柔情似水。开篇的明喻告诉我们，不是随便一朵红玫瑰，而是"六月里迎风初开"的一朵，也就是说，包含夏季希望的玫瑰。还有，那位爱人还是"甜甜的""乐曲"。哪位爱人不喜欢听这些？他向姑娘保证，让她放心，发誓说"亲爱的，我永远爱你"，说了不止一次，而是两次，然后在最后一节又说道"但我定要回来，我的爱"。而且，他还将矢志不渝的誓言联系到永恒，"纵使大海干涸水流尽"（也说了两次），"太阳将岩石烧作灰尘"，还有"只要我一息犹存"。你要想保证自己坚贞不渝，那就往宏大里说。所以当他保证说"哪怕千里万里"他也要回来时，我们就不惊讶了。这里的观念并不艰深——这点我们过会儿再讲——而且也符合我们期待的方向。"我会永远爱你，"说话者说，"直到大海干涸，岩石熔化，生命沙漏中的沙子流尽。"任何被爱的人都很难不接受。不仅如此，说话者还要回来，即便隔着千里万里——在旅行无法脱离地面、骑马算是高速交通的时代，这距离相当于无穷远了。尽管比起彭斯的其他小曲而言，这首诗的方言已经算少了，但还是会给我们造成困难。不过对他这首歌曲的用意，我们是毫无疑问的。

美国诗人中最接近罗伯特·彭斯的伍迪·格斯里[1]也是如此。他的某些歌词也有很多口语表达，提到一些我们不熟悉的东西，让不了解的人踌躇，但表演起来还好。此外，我们是美国人，所以那些措辞不会给我们造成很大障碍。他最著名的一首歌运用了四拍诗行，配上卡特家族《当世界着了火》（“When the World’s on Fire” by the Carter Family）的曲调，这曲子本身也很类似浸礼会赞美诗《啊，我亲爱的兄弟》（“Oh, My Loving Brother”）（作为曲调搜集者，格斯里不会在版权这类小问题上畏首畏尾）。而且节拍在题目中就不难发现，“This *Land* Is *Your Land*”（《这是你的土地》），整首歌就踏着这样的抑扬格步伐前进。同时，歌词又是纯粹的伍迪风格。

实际上，这首歌和《美丽的阿美利加》有许多相似之处。它运用如此庞大的抽象概念，美国，并将之简化为可以被掌握的意象——首先是加利福尼亚和长岛，一个州后面跟着一个州内的具体地方——通过这种方式，他让两片海岸浮现，以此囊括拥有阿拉斯加和夏威夷之前的整个国家。从这里开始他又提到红杉树和墨西哥湾，纵横全国的条条细长如带的高速公路——那时候还很新——山谷、麦田、沙漠，甚至在不常表演的段落中，还提到“禁止入内”的牌子和福利救济处，暗示大萧条时期美国的阶级矛盾。关于所有这些具体的细节，需要说的是：它们并不具体。爱挑刺儿的人会问：“哪个沙漠，哪条山谷？”但我们不是爱挑刺儿的人，对吧？说到底，它们比“这片土地”更确切。并且格斯里用了一招儿，使它们显得比实际上更具体：他将自己置身其中。说话者走在路上，

① Woody Guthrie（1912—1967），美国民谣音乐史上最伟大的歌手、作曲家，以政治民谣著称，创作大量关于大萧条时期普通百姓生活的歌曲，如《这是你的土地》《很高兴认识了你，再见》等。

看到了所有这些壮丽和偶尔破败的景象。然后他重复第一节，作为尾声，于是对于所有我们这些或多或少听过这首歌的人来说，这段就成了副歌。后来他，以及再后来的纺织工乐队（the Weavers），只录了前四段和尾声。歌曲听来十分积极，昂扬向上，一首民谣风的《美丽的阿美利加》。毕竟，那是在充斥反共政治迫害、麻烦不断的时代，他们最不需要的就是更多的争议。

但格斯里所写的并不是另一首《美丽的阿美利加》；相反，他已经听腻了凯特·史密斯（Kate Smith）演绎的欧文·柏林（Irving Berlin）的《天佑美国》（“God Bless America”），从中听出了沙文主义，并且认为他的演绎完全没有触及遭受十年大萧条的国家所处的糟糕状况。他想写一首能更准确地反映时代的歌曲，而不时地被忽略的那三段歌词在其中很关键。在这几段中，我最喜欢第五段，因为其中有最典型的伍迪式幽默。他看到那个写着“禁止入内”的牌子，意识到牌子反面什么都没写，所以几乎和没插牌子一样表示欢迎，这一想法近乎完美地体现了他的颠覆性。加上口语中的双重否定（格斯里的最爱），你基本就可以抓住他的主要特点了。他从来没说那牌子的内容是给你我看的，只提了无字的那面。最后两段提到救济处，饥饿的人们，以及在他走向自由的路上，绝不会因为任何人而回头，他以此对社会压迫小人物的现状进行直截了当的抨击。另一方面，第五段又很顽皮，这往往也是他发挥得最好的时候。

没有伍迪·格斯里，就没有鲍勃·迪伦，或者至少他不会成为今天我们所认识的他，同样也不会有布鲁斯·斯普林斯汀，不会有琼·贝兹或威利·尼尔森或约翰·麦伦坎普，或者其他上千位创作型歌手中的任何一位，其中尤为重要的一个是阿洛·格斯里[1]，这很重要，尤其对阿洛而言。再者，假如没有千年左右的西方民间音乐的积累，可能也不会有伍迪·格斯里。那些歌曲背后有漫长的传统，从苏格兰、英格兰、爱尔兰，跨过大西洋到达新英格兰地区和阿巴拉契亚，然后到达俄克拉荷马的山区，格斯里告诉我们，那就是他出生的地方。

歌曲和诗歌有什么区别呢？问得好，这问题与罗伯特·彭斯和伍迪·格斯里相关，两人都喜欢先写词，然后再去找曲子配词。

• 首先，歌得能唱。这当然假设了你不是 W. S. 吉尔伯特，有他与沙利文那样著名的搭档组合，也不是斯蒂芬·桑德海姆[2]，有他那样如雷贯耳的名声。这两人的歌词都难得要命，经常故意给表演者设置绕口令，就像吉尔伯特与沙利文音乐喜剧中的滑稽歌曲。但对大多数词作者而言，主要兴趣还在于让歌手把词唱出来。

• 同样，假如歌中的观念直接明了，也很有帮助，像在《一朵红红的玫瑰》和《这是你的土地》中成功做到的那样。同样的还有《天佑美国》，正是因此，这首歌无处不在，以至于让伍迪不胜其烦。

• 它们需要遵从自己的音－形（sound-shape），这是诗歌没有的。我所说的音－形指的是，虽然音节数量之类的具有灵活性，但重读音节必须能落在拍子上。

---

① Arlo Guthrie（1947— ），伍迪·格斯里之子，美国民谣歌手、词曲作家，与其父一样以创作和演唱抗争社会不公的歌曲而闻名。

② Stephen Sondheim（1930—2021），美国著名音乐剧及电影音乐作曲家及剧作家，音乐作品有音乐剧《理发师陶德》《春光满古城》《伙伴们》等，负责作词的音乐剧则有《西区故事》以及《吉卜赛人》。曾八次获托尼奖，八次获格莱美奖。

• 与此同时，歌词要求又不那么僵化，因为音节既可以挤进一个拍子（比如说，通过用两个八分音符代替一个四分音符），也可以拉长成好几拍。这类滔滔不绝的音节堆积出现在各种滑稽歌曲中，从吉尔伯特与沙利文的诙谐歌，到二十世纪初期的歌舞杂耍小调，再到沃伦·泽文[①]的《伦敦狼人》（“Werewolves of London”）。

• 假如桥段（bridge）[②]是声乐而非器乐，可能会需要不同的格律。这对彭斯或格斯里来说不是问题，因为民歌很少有桥段，但对现代流行歌曲而言就是个问题，因为流行歌曲中的桥段经常与主歌有明显偏离，尽管为回归主歌和和声，其和弦最终还要转回主调和主歌节奏。

• 鼓励合作。很自然，词作者经常同作曲家携手，这就解释了为什么“汉默斯坦[③]”那么自然地跟在“罗杰斯”后面，“伯尼·陶平[④]”也与“埃尔顿·约翰”如影随形。只有偶尔的情况，曲作者兼任词作者；《绿野仙踪》（*The Wizard of Oz*）需要作曲家哈罗德·阿尔伦[⑤]和词作家依普·哈伯格联手创造奇迹。他们的《飞越彩虹》被不止一个评委会选为二十世纪最伟大的歌曲，很难想象没有这首歌这个世纪会是如何。但是由多个词作者合写一首歌的歌词，或者集体创作摇滚曲调，也并不罕见。诗歌呢？不常见。西方诗人从来

---

① Warren Zevon（1947—2003），美国摇滚歌手、词曲作家。

② bridge，第二段副歌结束后第三段副歌开始前的过渡部分。——编者注

③ 即奥斯卡·汉默斯坦二世（Oscar Hammerstein II，1895—1960），美国著名音乐人、歌词作家、音乐剧制片人、导演，长期同理查德·罗杰斯（Richard Charles Rodgers，1902—1979）合作，代表作品包括《南太平洋》《国王与我》《音乐之声》《俄克拉荷马！》等。

④ Bernie Taupin（1950— ），英国词作家、诗人、歌手，长期与英国歌手、钢琴家、作曲家埃尔顿·约翰（Elton John，1947— ）合作。

⑤ Harold Arlen（1905—1986），美国流行音乐作曲家，与词作家依普·哈伯格（E. Y. [Yip] Harburg，1896—1981）合作创作了电影《绿野仙踪》中的歌曲。

不热衷于分工合作。

就像精彩的诗歌一样，任何时代的精彩歌曲的成功都有其必然性。下面是某首你可能熟悉的歌的和声部分，这首曲目在一八九二年问世之后立即成为经典，题目可能和你已知的不同，叫《黛西·贝尔》（"Daisy Bell"）：

Daisy, Daisy, give me your answer do.
I'm half crazy, all for the love of you.
It won't be a stylish marriage,
I can't afford a carriage,
But you'll look sweet upon the seat
Of a bicycle built for two.

黛西，黛西，快答应我吧，
只因爱上你，我都快疯啦。
我不能给你时髦婚礼，
也雇不起马车去接你，
但你坐上我的双人自行车，
还会那样动人又美丽。

（王爱燕译）

可这里面有什么成功的必然性呢？哦，真的多了去了。既有行尾韵（"marriage" / "carriage"），又有行内韵（"sweet" / "seat" "Daisy" / "crazy"），这便是很好的开端。歌词与曲调的完美融合——这一点无法在印刷品中展示出来——使之成为经典的耳虫歌，那种在你脑子里无休无止循环播放的歌曲。假如你小时候就听过这首歌，在接下来的三天中，你会骂我，干吗要提起这首歌！简言之，这正是一首歌应该有的样子。

或者我们也可以试试稍微现代些的：

The long and winding road that leads to your door
Will never disappear, I've seen that road before
It always leads me here, leads me to your door.
The wild and windy night that the rain washed away
Has left a pool of tears, crying for the day
Why leave me standing here, let me know the way.

这条漫长曲折的路，引我来到你门前
它不会消失，我以前也曾看见
它总引我到这里，来到你门前。
那一夜狂风呼号，大雨滂沱
黑夜为白天痛哭，泪水流成河
为何你抛下我，告诉我该如何。

（王爱燕译）

即便你不是披头士的歌迷，发现这首歌叫《漫长曲折的路》（“The Long and Winding Road”）也不会觉得奇怪。就像《黛西·贝尔》一样，它一问世便成为经典，披头士的第二十首——也是最后一首——排行榜冠军歌曲。就连菲尔·斯派克特[①]摆弄的那套“音墙”制作技术都没能毁掉它，虽说它对这首歌或者对保罗·麦卡特尼[②]的表演也都没起到什么好作用。突出的第一点——简直要从页面上跳出来——是歌曲大胆运用简单的 AAABBB 押韵格式，尤其是在第一、三行重复使用了“door”，在第四、六行用的是“away”和“the way”。谁会这么干？谁能这么干？假如这种情况出现在诗歌入门研习班上，指导教师很可能会告诫初出茅庐的写作者，千万别再这么写。可是在这里，麦卡特尼证明，只要你足够优秀，什么规矩都可以打破。还要注意柔软的辅音，大量的 *w*、*l*、*r*、*s*、*n*、*m* 音。第五行的行中停顿后“crying”中的 *c*，几乎是这其中唯一的硬音。而且这首歌的意象，无论是那条通往门口的曲折难寻的路，还是雨水 - 泪水汇成的河，都十分迷人。这首歌发行于一九七〇年五月，接近一个曲折漫长的十年的尾声，感觉像某种东西的终结，事实证明的确如此。到那年年底，披头士作为一个组合正式解体。所以我们并不惊讶，它的旋律和歌词都有种惆怅的，近乎悲戚的基调。两者配合得如此美妙，也在情理之中。它是披头士的伟大歌曲之一，也跻身于更广泛范围内的伟大歌曲之列。这意味着它不能被忽略。第一版刚问世的时候，没有多少人把它列入最喜爱的披头士集体创作歌曲，但更不会有什么人将它排除在他们的作品众神殿之外。

伟大的歌曲永远是伟大的。这就是为什么《大麦约翰》（“John Barleycorn”）——这首至少可以追溯到十六世纪的揶揄歌曲，讲述了大麦从种子到庄稼到威士忌的过程——可以被影响深远的英国民

① Phil Spector（1939—2021），美国唱片制作人和作曲家。菲尔在第一次录制这首歌时，加入了华丽的和弦和乐团伴唱，他的制作被认为有损这首歌的摇滚乐气息。

② Paul McCartney（1942— ），英国音乐家、创作歌手及作曲家，披头士乐队成员之一。

谣乐队“费尔波特协定”（Fairport Convention）重新翻唱，并由此通过摇滚乐队交通乐队（Traffic）的前卫迷幻爵士融合乐进入主流发行。每一位新的表演者都会在其中发现点不一样的东西，而且在优秀表演者的演绎中，这首歌听起来几乎总是不可忽视的。听交通乐队的版本，我们以为这首歌就是为他们量身定做的，而且史蒂夫·温伍德[①]的声音就像是因它而存在。而听到费尔波特协定乐队的录音，我们也感觉这首歌是为他们量身定做的。伟大的歌曲跨越几世纪也能找到歌手和听众。虽然我们见不到，但再过一百年、二百年或三百年，有人会找到演唱《斯卡波罗集市》或《漫长曲折的路》或《大麦约翰》的理由，可能是以我们现在还想象不到的音乐形式，于是又一次令人耳目一新。

请不要误解：大多数的流行歌曲是垃圾，正如大多数的任何东西都是垃圾一样，包括诗歌在内；最新一轮的流行歌曲“宝贝、宝贝、宝贝，求你、求你、求求你”来得快去得也快。对人类而言，比起它们的到来，它们的离开是更大的福音。同样，世界上也充斥着很多烂诗——每个时代都有，而我们不会因为有人写得烂透了，就什么诗也不读了。所以说，我们也不要丢开所有的歌词。说不定此时此刻，在某个地方，就有位依普·哈伯格，在帮助我们想象彩虹之上的风景，或某位琼妮·米切尔，在教我们如何从上下两面看云卷云舒。

---

① Steve Winwood（1948— ），英国摇滚歌手、词曲作家，交通乐队成员之一。

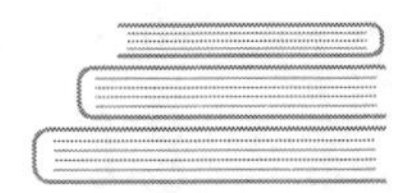

为何是诗？

Why Is Poetry?

第十五章
搜寻几位出众的火星人

火星人？当真吗？没错，当真。要知道，从前克雷格·雷恩写过一首诗，叫《一个火星人寄一张明信片回家》（1979 年）。该诗运用一种古老的哲学奇思——从一个对地球一无所知的火星来客的视角描述某物——并为之注入新的生命。很多哲学与流行文化都利用了这种奇思。二十世纪三十年代的怪诞喜剧[①]通常就依赖于主人公的不明状况，比如不懂上流社会如何生活，这种桥段在电视剧《豪门新人类》（*The Beverly Hillbillies*）中得到了最佳展现。也许克莱姆佩特一家并非火星来客，但在比弗利山庄，他们的阿巴拉契亚偏远山区背景也是不错的替代品[②]。就在雷恩写那首诗稍早一点的时候，罗宾·威廉斯在《默克与明蒂》（*Mork & Mindy*）中利用了滞留地球的太空人这一奇思挖掘喜剧效果。雷恩的风险不在于他的想法远超读者的理解力，而是这样创作可能不那么有太空风味。或不那

---

① screwball comedies，出现于美国 20 世纪 30 年代大萧条时期，通常利用身份与社会地位的差异制造冲突，并在过程中制造大量笑料，但结尾总是皆大欢喜。

② 出自《豪门新人类》。Beverly Hills，比弗利山庄，洛杉矶富人区。——编者注

么引人入胜。无论怎样，都不必担心。他成功的关键在于他的火星人观察犀利透彻，在于世故与天真的奇怪融合，就像开头几行：

Caxtons are mechanical birds with many wings
and some are treasured for their markings—

they cause the eyes to melt
or the body to shriek without pain

I have never seen one fly, but
sometimes they perch on the hand.

卡克斯顿印刷品是生着许多翅膀的机械鸟
有些被奉为至宝，因为它们的记号——

让眼睛融化
教身体无痛尖叫

我从未看见它们飞翔
但它们间或栖落在人手上

（靳乾译）

开头耍了点滑头：太空人不知道“书”这个词，又怎么会知道卡克斯顿，那个把印刷机引进英国的人呢？我的很多学生都不知道，因此当他们发现那些神秘的东西是书，翅膀是书页时，经常会大吃一惊。后来，火星人会说，“雨便是当地球变作了一台/（能让色彩黯淡的）电视”（“Rain is when the earth is television”），但是他不懂得电话，一个“鬼魂出没的仪器”（“haunted apparatus”）。它哭闹时，人们说话哄它重新入睡，可有时候又“用手指挠它”（“by tickling with a finger”），把它弄醒。一知半解有时是件很美妙的事。他也不理解卫生间的用途，根据人们在里面发出的动静，他相信那是个惩罚人的地方，而且注意到“每个人的痛苦都有不一样的气味”（“everyone's pain has a different smell”），这大概是迄今为止对排泄做出的最发人深省的描述。

雷恩没有打算让他的火星人前后一致。他不是一个小绿人[①]，更不是华纳兄弟动画片中著名的火星人马文，而是一个奇喻，一个贯穿全诗的表达错位和困惑的修辞手段。这就是为什么在一首以不理解书作为开头的诗中，他可以以阅读的隐喻作为结尾：

At night, when all the colours die,
they hide in pairs

and read about themselves—
in colour, with their eyelids shut.

夜里，当所有色彩都死去
他们双双躲起来

① little green man，在科幻和儿童类作品中对外星生物的昵称。该昵称的起源是人们曾认为外星人是绿色的。——编者注

阅读脑中彩色的自己
——双眼紧闭。

在这首诗中——实际上在雷恩所有的诗中——推动他创作的不是太空旅行，而是陌生化（*defamiliarization*）。这个术语是维克托·什克洛夫斯基[①]于一九一七年创造的，表示我们可称之为“使之陌生／奇怪”（making strange），或提取我们经验中常见的因素并使之看来怪异，仿佛以前从未见过的过程。

诗人可以运用很多方式使事物陌生／奇怪。有一种显然是走雷恩的路子：提取熟悉的东西，再刻意使之读起来怪异。这是一个很小的流派，但他算不上第一个，也不是最后一个这样写的。真正的“火星派”（Martian School）成员基本上限于他和克里斯托弗·里德（Christopher Reid），加上为数不多的附属成员。但我们可以追溯到浪漫主义时期，追溯到威廉·布莱克，他无须使事物怪异，因为他自己就是异端。大多数知道他名字的人都是通过“老虎！老虎！火一样辉煌／燃烧在那深夜的丛莽”。但他的异化创作比这要深入得多。他的灵视和预言诗，即便两百年过后，也几乎是难以理解的。这种创作再往后的化身也许包括埃德加·李·马斯特斯[②]，他的《匙河集》（*Spoon River Anthology*）收入长眠于匙河墓园的居民们的戏剧独白；还有多以法国人和西班牙人为信徒的超现实主义（*surrealism*），这种主义很快变得怪异，但也有美国诗人受其影响，

① Viktor Shklovsky（1893—1984），苏联文艺理论家、作家，俄国形式主义学派的创始人和主要代表，提出了“陌生化”的概念。主要著作有《词语的复活》《关于散文的理论》等。

② Edgar Lee Masters（1868—1950），美国诗人、传记作家、剧作家。

比如罗伯特·勃莱和约翰·阿什贝利（John Ashbery），还有深层意象（Deep Image）派诗人，如戴安·瓦科斯基（Diane Wakoski）、克莱顿·埃什尔曼（Clayton Eshleman）和泰德·休斯——他们的特质从来都不是温暖柔软的。

总体而言，陌生化分成两种方式：以不同方式观察，以不同方式表达。两者都是对埃兹拉·庞德的“创新”宣言的合理回应。这两种方式相互关联。教我们用新奇眼光观察的诗人也必须找到恰当的语言来呈现这一任务。说回雷恩，他的火星人努力找寻适当的对照，但没有多少选择可用。比如，火星上显然是有鸟的，但是没有书，有电视，但是没有雨，做梦，但是不睡觉——嘿，这是有可能发生的。在这种“神奇外星人”叙事中，关键的是，外星来客对他们所见事物了解的程度，总是刚刚够做出评价，但从不够达成理解。

“用不同方式表达”，也许听起来多余。谁会希望看到更多用完全相同的表达写成的文学作品呢？但这方面的创新涵盖的活动范围很广。从微观层面讲，它可能仅仅指某位诗人专门为手头的创作找到新的词语排列方式。表达恋爱也许只有那么多说法，但是那并不妨碍歌曲作者试图跳出“明月”–“亲热”–“六月”（“moon”–“spoon”–“June”）韵——即便他们也会用这些韵——去寻找表达那种爱的独特方式，即便他们也会使用提到的这种韵。十八世纪诗人亚历山大·蒲柏说到，“真正的才思”（true wit）是说出“人常常想到，却从未表达得那么妙”的内容；就是说，给平凡的思想穿上别出心裁的衣裳。这和我们所理解的诙谐（wit）不同，诙谐通常是指好玩（这点他也不反对），但是蒲柏所说的“真正的才思”相当好地涵盖了我们对于诗歌创新性的讨论。华莱士·史蒂文斯可以算是蒲柏观念的现代主义继承人。在《垃圾堆上的人》（“The Man on the Dump”）这首诗中，他问了这样的问题：“Where was it one first heard of the truth? The the”（人第一次听到的这个真理是在何处？这这[①]）。就这样，他可能成为第一位用“the”作诗的结尾的诗人，而且绝对是唯一一位用两个“the”结尾的人。这几乎是巧思的完美例证：即便我们想到过关于“真理”的定冠词，也几乎从未想过像史蒂文斯那样把那个“the”抽象出来。那最后一行常会引起一阵迷惑不解，接着便是片刻间恍然领悟。

或许，设想一下才思枯竭的问题。这种困境是各种创造型人才——艺术家、作家、演员、导演、教师——的噩梦，对他们而言，恐怖就在于，最后的灵感可能也已耗尽。但这也适用于几乎所有的思想几近枯竭的人，除了重复老掉牙的那一套再也无话可说的人。于是就出现了这个问题：面临这种灾难，往后的诗该如何写？有多少方式可以表达“我的思想已经彻底干涸”？答案是，还有一种。对处于衰年的威廉·巴特勒·叶芝，疲倦、多病、头脑滞涩，这段停滞期引向一个令人惊异的意象，他将自己比作一位马戏团领班，习惯于统领他的意象们，而它们曾是马戏场上一群群训练有素的演员。由这种意象创作出的是《马戏团动物逃遁》（“The Circus Animals’Desertion”），这是他晚期最伟大的诗篇之一：

I sought a theme and sought for it in vain,

① 王佐良译。

I sought it daily for six weeks or so.
Maybe at last being but a broken man
I must be satisfied with my heart, although
Winter and summer till old age began
My circus animals were all on show,
Those stilted boys, that burnished chariot,
Lion and woman and the Lord knows what.

我寻找一个主题，却徒劳无功，
我天天在找，差不多六周光景。
也许最终，我沦为潦倒衰翁，
只好认命，满足于自己的心灵，
虽说夏去冬来，在老去之前
我的马戏团驯兽一直都在表演，
那些踩高跷的少年，那锃光瓦亮的马车，
狮子、女人，天晓得还有些什么。

（王爱燕译[①]）

这是第一节，形式是八行体——那是乔万尼·薄伽丘献给诗歌的礼物——只是为表明诗人丝毫没有失去对诗歌形式的掌控，虽说思想已趁他不备，逃之夭夭。押韵格式也相当简单，前六行是连锁韵 ABABAB，最后两行构成一个对句，CC，这种形式到叶芝用时，已经存在了六个世纪。诗的前两句，诗人开门见山，简单明了地摆

① 本译文参照过袁可嘉和傅浩的译文。

出他的问题，即他已经花了六星期时间徒劳地寻找“一个主题”，换言之，想写一首诗。他说，这问题是最近才出现的；他在最后两行勾勒出的“马戏团驯兽”“都在表演”，直到衰老毁掉他的才能。

在这篇由三部分构成的颂诗（尽管他避免用这一术语）接下来的三节中，他具体描写了他事业的辉煌时刻，从他早期的诗剧《凯瑟琳女伯爵》（*The Countess Cathleen*）到他对爱尔兰神话英雄库丘林的各种运用，最后用了一句惊人的话结尾：“演员和彩绘的舞台占据我全部的爱／而不是那些它们所表征的事物。”（“Players and painted stage took all my love, / And not those things that they were emblems of.”）如此表白让我们不禁心中一震：诗人对自己的艺术如此痴迷，以至于对他而言，真实的生活从来都不很真实。这既让人有些愕然，又在所难免；我们想，当然是这样，而且，多可怕啊。他以此给我们展示了这一令人释然的例子，即，就算是伟大的诗人，也是会用介词结句的。

诗的第三部分，像第一部分一样，只有一节，他思考推动他创作的林林总总的意象和人物的源泉。它们来自何处？他问。他断定它们产生于绝非崇高的材料。“是一堆弃物，或街边扫成堆的垃圾／是旧水壶、旧瓶子和破罐子／废铁、残骨、破布片，那个守着钱箱／满嘴疯话的邋遢女人。”（“A mound of refuse or the sweepings of street, / Old kettles, old bottles, and a broken can, / Old iron, old bones, old rags, that raving slut / Who keeps the till.”）换言之，生活的残渣，从破罐子到商店中的疯子，他尤其强调那些可以被回收利用的东西。那些金属物件被转卖，熔化，重新铸造，骨头制成肥皂，破布加工成纸张。在当今世界，我们已经忘记一个世纪前的城市中，收破烂的人游走街头是常见的景象。这位诗人说，诗人们也是收破烂儿的小贩，将废弃之物，没人要的、没人爱的东西搜罗拼凑，不是做成肥皂纸张，而是塑造成艺术。这想法本身就很诱人，又引向最后的令人惊异的意象：“如今我的梯子已消失不见”“我必须躺在所有梯子的起点／在心中污秽的破烂回收店。”（“Now that my ladder’s gone, / I must lie down where all the ladders start / In the foul rag and bone shop of the heart.”）没有任何东西，无论是苍凉的基调还是绝望的意象，让我们有接受这种说法的心理准备。渴望升到高处（梯子），诗人却必须躺在垃圾和杂物之间，这杂物不是世间的，而是心中的。以前我从没有想象过心中会盛着那样一个房间。第一次读这首诗时，我需要一点时间来消化其中出现的那些意象。一代代的学生让我知道，我的反应远非特例：在真正具有新意的表达面前，我们从来都没有完全准备好。说到底，我们第一次听到这个真理是在何处呢？

要找到不同表达方式，有时靠的不是扩简成繁，而是删繁就简。当一九一〇年代的意象派诗人想剔除诗歌中多余的修辞，回归到基本要素时，他们写得短小精悍：

The apparition of these faces in the crowd;
Petals on a wet, black bough.

人群中这些面孔幽灵一般显现；
湿漉漉的黑色枝条上的许多花瓣。

（杜运燮译）

这就是全部。埃兹拉·庞德的这颗宝石很可能是最佳的意象派诗歌。构成这首诗的是两个貌似无关的并列成分，中间只有一个分号。没有解释，没有辩护，什么都没有。哦，有个题目，《在地铁车站》（“In a Station of the Metro”），这有些帮助，尤其是知道这指的是巴黎的地铁站。由此我们至少可以了解那群人出现的语境。但我们如何理解那些面孔，或者它们“幽灵一般显现”，以及只有一点标点符号连接的那些粘在树枝上的花瓣呢？庞德的答案是，你想怎么理解就怎么理解。他只是把这两个成分放在一起，相信读者自己会找到含义。传统的解读差不多是这样：说话者从地铁站台上来，到了车站上面的世界中（庞德在别处说过类似的话），突然间看到一群人的脸，乍看之下，感觉这些脸像幽灵，再一看，则像许多粘在树干上的花瓣。我前面说过，你的解读可能不一样。对我们的目的而言，重要的不是你或我对这两行做出的解读，而是庞德如何引领我们得出结论，无论是什么结论。在一篇论诗的文章中，他说每个词都必须有其作用。当然，在这么短的诗中，这好像自不待言，但他确实使每个词都承载了内容。第一个名词“apparition”（幽灵）出人意料：在你的阅读经验中，能有几次开头的实词就是这个？当我们发现它指的不是幽灵而是人群中的面孔时，我们便被带着继续往下读。这一行不同于，比如说，“人群在车站里转来转去，他们的面孔发出光彩”（“The crowd milled about the station and their faces shone”）。它不那么平淡，更加神秘。转向第二行，我们期望得到答案。我们已经看出只有两行，便知道规矩：第二行应该以某种方式赋予第一行意义。但是我们看到的，似乎可能使我们的期望落空，尤其是乍看之下。它是一个用具体词语塑造的具体意象：“花瓣”“湿漉漉”“黑”“枝条”。尽管如此，它并没有回答我们从第一行带过来的问题。我们看到了那根树枝；我们可能看不到其中的联系。在适当时候，我们会看到的，但要想完全消化这首小诗，是必须花时间的。

以不同方式观察，以不同方式表达，正如我们可能猜到的，并非相互排斥。有些诗人在某些诗中同时做到这两点，如此的话便是绝妙好诗。《荒原》大概是英语中最著名的难懂的诗，即便过了一个世纪依然如此。那一九二二年刚出版的时候，它又得有多难呢？读者没有接受这类诗的语境，诗中有网络般庞杂的典故、借用、从其他诗作中直接窃取的片段、对奄奄一息的文明的噩梦般的想象和纷纭杂沓的声音。更糟糕的是，所有的连接组织都被剔除。意象派引入了一种断裂的诗学（*poetics of disjuncture*），诗中没有语境，也没有阐述。当然，假如你的诗只有五行，那很好办：只有意象，然后就结束了。但艾略特写的是一首四百三十四行的诗，读者们早已认为，这样的长度是该有连接部分的。突然间冒出这首诗，从一个东西跳到下一个东西，没有警告，没有辩解，除了一个空行，什么都没有：

"You know nothing? Do you see nothing? Do you remember
"Nothing?"

I remember
Those are pearls that were his eyes.
"Are you alive, or not? Is there nothing in your head?"

But

O O O O that Shakespeherian Rag—

It's so elegant

So intelligent

"What shall I do now? What shall I do?"

"I shall rush out as I am, and walk the street

"With my hair down, so. What shall we do tomorrow?

"What shall we ever do?"

"你什么都不知道？什么都没看见？什么都
不记得？"

我记得
那些珍珠是他的眼睛。
"你是活的还是死的？你的脑子里竟没有什么？"

可是

噢噢噢噢这莎士比希亚式的爵士音乐——
它是这样文静
这样聪明
"我现在该做些什么？我该做些什么？
我就照现在这样跑出去，走在街上
披散着头发，就这样。我们明天该作些什么？
我们究竟该作些什么？"

（赵萝蕤译）

我们突然从一位女性说话者的一系列抱怨和谴责（据说取自

他和他精神错乱的妻子薇薇安的真实对话），到一段从《暴风雨》（*The Tempest*）中借用的貌似前言不搭后语的回答，到关于莎士比亚式的拉格泰姆爵士乐的欣赏，然后又回到第一位说话者的存在主义焦虑。我们是如何从“你什么都不知道”到“那莎士比希亚式的爵士音乐”然后又回到“我们究竟该做些什么？”的呢？头脑简单的答案是，这首诗就是跳来跳去，忽前忽后，只是就这一次，这个头脑简单的答案是对的。这首诗从一种念头到另一种念头，从一种语言到另一种语言，惊人的跳跃，其实是在说，来吧，你愿意怎么理解就怎么理解吧。

一群鱼贯经过伦敦桥的人，被用但丁的话来描述：“我没想到死亡毁坏了这许多人。”这群人不是死人，但是写这首诗的时候，第一次世界大战刚过去四年，战争造成的伤亡加上一九一八年的流感，导致那一地区死亡人数达到四千万。经过那座桥的人，没有一个逃得过死亡的影响。但所有这些背景信息，艾略特都只字未提。我们将所知道的都带入诗歌。他最早的听众会立即领会到战争的影响，虽说其他意蕴未必明了；一个世纪过去，那些联想变得更加困难。即便如此，这首诗还在邀请我们联手创造意义。于是我们填补一些缺口，在另一些上绊倒，也许还会深深陷入永远无法逃脱的缺失。

艾略特描绘的世界以我们未曾注意到的方式污秽、破败、荒芜着。与此同时，这首诗也呈现了那个世界的现在和历史：伊丽莎白女王和莱斯特伯爵与现代的船工和拖着粘湿肚皮的老鼠在同一条泰晤士河上滑过，而但丁、莎士比亚和夏尔·波德莱尔也可以与佛陀和忒瑞西阿斯[1]举行秘密集会，并对当地小酒馆中的居民发表评论。无疑，这种共时性本身就具有挑战性。但这首诗的主要考验还在于全新的呈现模式。第一次读《荒原》，我们会发现它与别的诗都不同；哪怕读上一千年，都可能发现那种独一无二的特性依然存在。读过这首诗，读过第一遍，第四遍，或第五十遍，我们对于世界和诗歌可能性的看法就再也不会与从前相同。我们观看、聆听和说话的方式都将不复从前。

而且的确，你知道，这正是我们希望诗歌对我们产生的影响。

---

① Tiresias，希腊神话中的一位盲人先知。

结语
至高虚构

我并没有科学依据，无论是真科学的还是伪科学的，但我坚信，从发明语言到创作出第一首诗，中间相隔大约五分钟。几天前，我听歌剧明星芮妮·弗莱明说，音乐甚至可能比语言产生得还要早，这听起来很合理。人类生来就有表达的冲动，而无论多么不成熟，还有什么比音乐更富有表达力呢？我很想进一步推论，人是先发现音乐，然后再开始寻找语言，这样他们的旋律就有故事了，于是乔治·格什温[①]会有他的艾拉。但好像更可能的是，语言出现是为了让某个人能用六颗彩色石子换十粒种子，故而我就不做以上的推论了。再者，我已经有些得寸进尺了。

说起诗歌时，我们指的可能是叙事诗或史诗（后者是前者的子集），诗剧，或抒情诗，但因为抒情诗一直是这次讨论的重点，我们还是按这个思路走下去吧。在这三种经典分类中，前两类有第三

---

① George Gershwin（1898—1937），美国著名作曲家，为百老汇舞台和好莱坞写过大量流行歌曲和数十部音乐剧。下文提到的艾拉，即艾拉·格什温（Ira Gershwin，1896—1983），乔治·格什温的哥哥，美国抒情诗人，长期与弟弟合作，为他的音乐写词。

类缺少的元素，那就是故事。我们得从这里开始探索，到底是什么使诗歌如此难以抗拒。你知道，诗歌确实令人难以抗拒。国王和王后已有普通的文士，同样可以记载国家大事，却还要御用诗人为他们歌功颂德，除了因为诗歌难以抗拒，还能有什么原因呢？为什么社会珍视桂冠诗人对美好时光的歌颂和灾难时刻的纪念，歌唱王子的降生，哀叹战舰的沉没？在就职仪式、毕业典礼和死者葬礼上朗诵诗歌时，为什么那些平时并不饱读诗书的人也会心生肃穆？说到此，为什么那么多从不读诗的学生竟还要写诗？相信我，他们的数量很庞大。就连像本·勒纳[1]那样油嘴滑舌地写《憎恶诗歌》（*The Hatred of Poetry*），声称自己讨厌诗歌的人也忍不住要谈诗。假如诗真的那样糟糕，干脆丢开它不就完了吗？干吗反反复复地回头谈论它？为什么？因为诗歌能实现其他书写形式都难以实现的。

只是……那是什么呢？

我们知道不是故事；这一点我们已经承认。几行诗，甚至好几页诗，都无法讲述《战争与和平》，诗歌也不打算那样做。当丁尼生写他的《尤利西斯》时，他略去波澜壮阔的战争故事和艰辛坎坷的旅程，而专注于写其余波：风烛残年的冒险家不满足滞留于家庭生活，依然力图实现“去奋斗、探索、寻求，而不屈服”的愿望。莎士比亚十四行诗第73首告诉我们的不是衰老的整个弧线，而是他描述的意识到死亡从假设变成必然的那一时刻：“看到了这一切，你的爱会更加坚贞／爱我吧，我在世的日子不会太久。”不，并非所有诗歌都书写衰老。只有那些伟大的诗篇。这两首合起来看，确实都是写衰老，展示了抒情诗力量的来源之一。

---

① Benjamin Lerner（1979— ），美国诗人、小说家、批评家。

瞬间、心境、旋律。用一个当今时代的类比，如果说叙事诗、史诗是电影，抒情诗就是照片。也许是一张快照，也许是安塞尔·亚当斯[1]的一张风景照，但它是单张照片。一首十四行诗不是讲故事的好地方，但用来捕捉瞬间，还有对那一瞬间的反应却棒极了。当谢默斯·希尼写爱尔兰问题时，他并不描写内乱的全局，而是对准一个个瞬间：黑夜半路行刺，报复性炸弹袭击，只言片语，沼泽中发现的、身形显出内乱影响的古人。他提出的独特见解并非涉及大政方针，而是触及人的存在。也就是说，他探索的并非社会组织，而是灵魂深处。

当华莱士·史蒂文斯在他的诗《为至高虚构作注》（“Notes Toward a Supreme Fiction”）中说到诗歌是“至高虚构”时，表达的正是这个意思。史蒂文斯所言，正是诗歌用暗示、细语和高呼所表达的内容：诗性的真实相当于信教的人接近上帝的方式，或者不信教的人接近崇高的类似方式。史蒂文斯的至高虚构是对现实的呈现（他一直坚持认为现实是想象的基础），这种呈现中荡漾着正确感，一种在适当频率下的震荡。

迄今为止，我们基本都在讲具体细节，我讨厌讲神秘玄妙、转瞬即逝的东西，但诗歌确实神秘，而且转瞬即逝。假如你伸手去抓，手会穿过虚空，抓到的还是虚空。假如你闭上眼睛等待，那虚空就会凝聚成形，尽管可能十分模糊。盯着它看，它就消失不见。难怪浪漫派诗人喜欢用风鸣琴——那种只靠风吹琴弦就可演奏的弦乐器——来象征诗意的想象。

同样转瞬即逝的还有诗歌创作。大多数读者见不到他们读的大

---

① Ansel Adams（1902—1984），美国摄影师，以拍摄黑白风光作品见长。

部分诗歌的创作者，创作者也见不到他们的大多数读者。一则是读者与作者之间不只隔着空间，还隔着时间，我们永远见不到布莱克、萨福或惠特曼。也许在理想的情况下，对我们而言，诗人应该是幽灵般的存在，安居于作品背后。更糟的是，一首诗在物质文化中几乎没有任何价值。没有几位诗人能靠艺术创作维持生计，于是退而寻求其他途径，随时代不同，或依赖富有赞助者（或者更看运气，靠国王王后们）的资助，或靠学术职位，或者做编辑、翻译、银行家、电台主持、保险公司律师或儿科医生。有几个运气好的，像詹姆斯·梅利尔[①]有继承的遗产作后盾，还有一两位诗人靠务农或养马过活。有些作为卖艺者或游吟诗人，奔波于大小城市，靠巡回演出谋生，或者像狄兰·托马斯，以朗诵自己或别人的作品为业。不少人挣扎在贫困的边缘，甚至从边缘跌了下去。然而每个时代还是产生了——而且持续产生着，将来也会一直产生——为追求诗歌而甘受穷困的人。

为什么？因为他们身不由己。不仅仅是因为他们有话要说，更是因为有些话需要被说出来，需要在此刻找到前所未有的方式予以表达。就像是神职，是一种使命，一种近乎神性的呼召，让人去完成一项事业，而完成的过程——在呼召之外的过程——也是非理性的。那种呼召可能是精神性的，就像浪漫派或他们的后代亲缘，如加里·斯奈德[②]或默温，甚至西尔维娅·普拉斯；或者可能是弥赛亚式的，如同那些要教育或引导我们的激进派诗人，从清教徒到黑人

① James Merrill（1926—1995），美国诗人，曾于 1977 年获得普利策诗歌奖。

② Gary Snyder（1930— ），美国诗人，曾在 20 世纪 50 年代参与“旧金山文艺复兴”，并与艾伦·金斯堡发起“垮掉的一代”诗歌运动。关注生态保护，被誉为“深层生态学的桂冠诗人”。1975 年，他的诗歌《龟岛》获得了普利策诗歌奖。

艺术运动诗人，甚至还包括像艾德丽安·里奇或依婉·伯兰那样的女性诗人，她们的作品对浩瀚诗学传统中男性主导的诗歌创作起着矫正的作用。无论是哪一种，呼召都已发出；使命到来，因为它已发声。诗人并不选择，他们是被选择的。他们也可能会选择拒绝这一荣耀，但要冒着危及心理健康的风险。当然，对那些接受呼召的人而言，这种危险同样存在。

那些接受呼召的，也许还是违背了自己明智判断做出决定的，是些什么人呢？要回答这个问题，让我们看两首诗，都是作者早期作品，中间隔着将近一个世纪。

第一首是威廉·卡洛斯·威廉斯的《巨大的数字》（“The Great Figure”，1921）：

Among the rain
and lights
I saw the figure 5
in gold
on a red
Firetruck
Moving
tense
Unheeded
to gong clangs
siren howls
and wheels rumbling
through the dark city.

在雨中
灯影中
我看到数字5
金色的
在一辆红色
救火车上
移动
紧张
无人留意
驶向锣声当当
鸣笛呜呜之处
车轮隆隆
穿过黑暗的城市。

(王爱燕译[①])

第二首的作者是达努莎·拉梅里斯[②]，题目是《之前》("Before"，2014)：

The table still set.
The goblets filled with wine.
Her body lean, taut as a birch.
The gifts not yet given.

---

① 本译文参考过傅浩的译文。

② Danusha Laméris（1971— ），美国女诗人。

That which will be torn remains whole.

The heart, unbroken.

The mother alive, setting out the dishes.

桌子依然布置着。

酒杯盛满葡萄酒。

她身体瘦削，紧绷如一棵白桦。

礼物还没送出。

那将被撕裂的，依然完好。

心，没有破碎。

母亲活着，摆上饭菜。

（王爱燕译）

两首诗都写时间，都写得极为出众。威廉斯将时间停滞，仿佛这旋转不止的东西被捕捉、凝固定格，所以虽然它像一阵旋风般沿街驶去，在页面上却是一行一词地向下滚动："移动／紧张／无人留意。"那个"tense"一箭双雕，暗示车上的人心情紧张，也指如弹簧一样紧紧盘绕，蓄势待发。前面两音节的那一行"moving"（移动）甚至更生动。假如写成散文，那三个没有标点分隔的词，"moving tense unheeded"（移动紧张无人留意）会暗示一团乱哄哄的动作，但分成每行一个词，"moving"就不再乱动。它既与主语（"救火车"）隔开，又与它的修饰语（"紧张／无人留意"）分离。怪的是，这种定格暗示了一种电影质感。电影这种新技术奇迹刚出现时，许多作家都力图制造那样的效果。在这个例子中，断裂的句流暗示蒙太奇，一系列十分短暂的快照被同样快速的切镜分隔开来，只依赖并置和观者的理解将这些片段组合为有含义的东西。

拉梅里斯的创作同样不同凡响，唤起没有说出的“之后”与题目中的“之前”对照，阻止着未来的到来，将我们向它推去。桌子“依然布置着”，暗示不久就会收拾起；“心[还]没有破碎”，肯定不会一直这样。更让人心酸的是，“母亲[还]活着，摆上饭菜”。最后几行依赖我们对它们与第二节第一行间的呼应的理解，来表达厄运将至的不祥预感，而我们除了接受，别无选择。她的小诗如同一部微型小说：只暗示一个故事框架，充满了苦难和丧失，被包含在“依然，静止”（“still”）的瞬间，这时间中的结晶。这就是诗歌的能力，方寸之内包含纷纭万象。

这两部早期诗集境遇如何？威廉斯的《酸葡萄》（*Sour Grapes*，1921）基本没有引起评论家的注意，尽管在一九二二年《日晷》（*The Dial*）的一篇评论中，向来洞若观火的肯尼斯·伯克看出了威廉斯的意图。这部诗集虽非经典，其中还是收入了几篇佳作，包括《野胡萝卜花》（“Queen-Anne’s-Lace”）、《怨言》（“Complaint”）和《寡妇的春愁》（“A Widow’s Lament in Springtime”），还有上面那首。《八月的月亮》（*The Moons of August*）是拉梅里斯的第一本书，由秋屋出版社发行，并在该社的年度诗歌比赛中夺魁。它还收到了几篇积极的书评，最重要的那篇出自内奥米·谢哈布·奈依[1]之手。这部诗集中有没有哪一首将成为经典，我们还无从判断，但书中包含不少有力而引人入胜的诗篇，可谓良好的开端。

正如其他我们可能选择的诗一样，这两首诗展现了瞬间、心

① Naomi Shihab Nye（1952— ），巴勒斯坦裔美国女诗人、词作家和小说家。

境、旋律这些原则。在它们浓缩的视域之内，暗示的事件远超其自身范围。令救火车出动的突发事件在何处？为何它驰过城市时无人留意？那家人吃过那顿饭之后，等待他们的是什么样的悲剧？心碎的根源是什么？这两首诗没有告诉我们，它们不是新闻报道或小说。假如把整个故事讲给我们，拉梅里斯会写一部《到灯塔去》。但她没有那样写，她写出的是“之前”。威廉斯没有提供新闻；他带来的是一幅静物画，一帧即将成为新闻的瞬间快照。两者都引领我们将自己的想象运用到诗的材料中。不将我们的创造力应用于诗人的创造，这些诗是无法解读的。简言之，它们是威廉斯所认为的“至高虚构”，那些将光亮高高投向经验之昏暗墙壁上的蜡烛。那张摆好的桌子，那辆疾驶的救火车，与济慈的希腊古瓮和华兹华斯的颓败寺院，在此各就其位，各得其所，成为探索经验之神性与想象之奇迹的契机。

引用诗歌

无名氏：《贝奥武甫》

无名氏：《打油诗充斥身体器官的笑料》

松尾芭蕉：《古池》

凯瑟琳·李·贝兹：《美丽的阿美利加》

威廉·布莱克：《老虎》

罗伯特·彭斯：《写给小鼠》《一朵红红的玫瑰》

乔治·戈登·拜伦：《她走在美的光彩中》

刘易斯·卡罗尔：《炸脖鹭》

杰弗里·乔叟：《坎特伯雷故事集》总引

塞缪尔·泰勒·柯勒律治：《这棵菩提树是我的监狱》《古舟子咏》

比利·柯林斯：《十四行诗》

E. E. 卡明斯：《或人住在一个很那个的镇上》《野牛比尔》

哈里·戴克：《黛西·贝尔》

艾米丽·狄金森：《因为我不能停步等候死神》《夏日刚刚走掉》

保罗·劳伦斯·邓巴：《补偿》

T. S. 艾略特：《荒原》

斯蒂芬·福斯特：《哦，苏珊娜》

罗伯特·弗罗斯特：《熟悉黑夜》《未选择的路》《白桦树》《补墙》

W. S. 吉尔伯特：《我是个现代少将的绝佳典范》

艾伦·金斯堡：《嚎叫》

伍迪·格斯里：《这是你的土地》

托马斯·哈代：《冬天傍晚时分的飞鸟》

谢默斯·希尼：《骨梦》

荷马：《伊利亚特》

杰拉德·曼利·霍普金斯：《风鹰》

兰斯顿·休斯：《黑人谈河》《母亲对儿子说》《疲惫的布鲁斯》

约翰·济慈：《希腊古瓮颂》

达努莎·拉梅里斯：《之前》

菲利普·拉金：《去教堂》

爱德华·李尔：《有个老头儿胡子长》《猫头鹰与猫咪》

约翰·列侬与保罗·麦卡特尼：《漫长曲折的路》

亨利·沃兹沃思·朗费罗：《海华沙之歌》《海华沙的离去》

约翰·麦克雷：《在弗兰德斯的原野上》

W. S. 默温：《一日凌晨》

埃德娜·圣文森特·米莱：十四行诗第 42 首（《我的唇吻过谁的唇》）

克莱门特·克拉克·摩尔：《圣尼古拉斯到访》

玛丽安·摩尔：《诗》《鱼》

约翰·牛顿：《奇异恩典》

埃德加·爱伦·坡：《钟声》《乌鸦》

埃兹拉·庞德：《在地铁车站》

克莱格·雷恩：《一个火星人寄一张明信片回家》

克里斯蒂娜·罗塞蒂：《柳林回声》

威廉·莎士比亚：十四行诗第 73 首（《你在我身上会看到这样的时候》）、第 30 首（《我有时醉心于沉思默想》）

保罗·西蒙：《雅园》

华莱士·史蒂文斯：《垃圾堆上的人》

狄兰·托马斯：《不要温和地走进那个良夜》

传统歌曲，《斯卡波罗集市》

传统歌曲，《德克萨斯的黄玫瑰》

沃尔特·惠特曼：《我自己的歌》第十一部分（《二十八个青年在河边洗澡》），《从永久摇晃着的摇篮里》《哦，船长，我的船长！》

威廉·卡洛斯·威廉斯：《巨大的数字》《红色手推车》

威廉·华兹华斯：《丁登寺旁》《我心雀跃》

威廉·巴特勒·叶芝：《马戏团动物逃遁》《在柳园旁边》

批评著作参考

你知道吗，人们会说，谈到某个话题，某某人忘掉的内容可能比大多数人一辈子知道的还要多？这话不是说我，可说到诗学思考，我忘掉的比我曾经知道的多。但这没关系：有时候忘掉的东西又会被我渐渐回忆起来。下面列的书单是我曾经所知的一小部分。说不定我也就知道这么多，却自诩为健忘者。我让某些作家和著作代表很多其他作家作品，就像我将克林斯·布鲁克斯当作二十世纪中期所有出色的新批评派学者的代表人物，我和我的同事们就是那些学者的学生的学生。重点是，资料还有很多，这些绝非终极论断。我把重点放在二十和二十一世纪，尽管我对自己让塞缪尔·泰勒·柯勒律治和菲利普·西德尼爵士坐冷板凳这件事很过意不去。请对下面的书单持保留态度：这些书足够好，但若能潜心研读诗歌，则收获会更多。带着我的祝福，出发吧！

欧文·巴菲尔德（Owen Barfield），《诗歌遣词》（*Poetic Diction*, Faber and Gwyer, 1927）。他有更为宏大的目标，但是最吸引我们的是巴菲尔德的理念，即遣词——词语的选择——及应用构成了我们必须留意的想象行为。这不是一本入门书，但如果你想认真研究诗歌，在某一阶段你会读到他的书。

哈罗德·布鲁姆（Harold Bloom），《读诗的艺术》（“The Art of Reading Poetry”, HarperCollins, 2004）。作者是文学研究的巨擘，但这篇关于诗歌阅读的讨论并非大部头，而是他主编的《最佳英语诗歌》（*Best Poems of English Language*）的导读。他以一贯的天资和博学，一针见血地论及了诗歌阅读中的许多重要因素。

依婉·伯兰（Eavan Boland），《物体教训：我们时代的女人与诗人》（*Object Lessons: The Life of the Woman and the Poet in Our Time*, Norton, 1995）。每个学习诗歌的学生都应该读读伯兰关于一位女性成为诗人的挣扎与奋斗。

克林斯·布鲁克斯（Cleanth Brooks），《精致的瓮》（*The Well Wrought Urn*, Harvest Books, 1947）。我们很多人都是通过这本书才详尽地了解了“新批评”，它坚持要停留在文本之内，要细致地——有时是巨细靡遗地——研读一首诗的语言。受布鲁克斯影响，我曾经用四页篇幅分析莎士比亚的四行诗句，当然这不能怪布鲁克斯。

肯尼斯·伯克（Kenneth Burke），《作为象征行为的语言》（*Language as Symbolic Action*, University of California Press, 1966）。一部大部头论文集。伯克首先论证了语言是一种通过意义的移位（displacement of meaning）而运作的特定行为。他是位杰出的修辞学家，也是研究形形色色的象征主义的学者。

约翰·西阿迪（John Ciardi），《诗的意义》（*How Does a Poem Mean?* , Houghton Mifflin, 1960）。这部作品教导我们几代人，重要的不仅是诗歌的意义，还有诗歌用什么手段创造意义。它迄今仍是这一领域的佳作。

C. 戴 · 刘易斯（C. Day Lewis），《诗的意象》（*The Poetic Image*, Jonathan Cape, 1947）。也许是第一部对诗歌意象这一主题进行真正透彻分析的作品，或许也是最后几部之一，极有见地。

特里 · 伊格尔顿（Terry Eagleton），《如何读诗》（*How to Read a Poem*, Blackwell, 2007）。伊格尔顿担心认真细致地阅读诗歌正在成为一门消逝的艺术，他计划用这本诙谐睿智的书让其恢复荣光。

T. S. 艾略特（T. S. Eliot），《传统与个人才能》（"Tradition and the Individual Talent", 1919；1920 年重印，收入《圣林》，*The Sacred Wood*）。这是一位期望不朽（也确实不朽）的诗人对于诗人们如何进入诗歌众神殿的著名研究文章。他让我们明白一篇真正的新作"如何在纪念碑中找到自己的位置"。

谢默斯 · 希尼（Seamus Heaney），《入神：1968—1978 论文选》（*Preoccupations: Selected Prose 1968–1978*, Faber and Faber, 1980）。我一个下午从希尼那里学到的诗歌知识不亚于研究生期间上的任何一门研讨课。希尼的论文（这是他的第一部论文集）总是睿智而犀利，提供的见解也同样高超。

杰弗里 · 希尔（Geoffrey Hill），《限制的大师们》（*The Lords of Limit*, Oxford University Press, 1984）。我这本书一半左右的章节题目都是从他论文中盗来的。希尔是位令人敬畏的、卓越的、难懂的诗人，他作为论文作者也是如此，但值得花力气去读。

爱德华 · 赫希（Edward Hirsch），《如何读诗并爱上诗》（*How to Read a Poem and Fall in Love with Poetry*, Harvest Books, 1999）。

约翰 · 霍兰德（John Hollander），《押韵的理由》（*Rhyme's Reason*, Yale University Press, 1981）。

本·勒纳(Ben Lerner),《憎恶诗歌》(*The Hatred of Poetry*, Farrar, Straus and Giroux, 2016)。干吗不呢?他自己就是诗人，所以他很多的憎恶都当不得真，在这本小书中他也提出了一些不错的观点。

玛丽·奥利弗（Mary Oliver),《诗歌手册》(*A Poetry Handbook*, Mariner Books, 1994)。奥利弗首要的目标读者是未来的诗人，但她的深刻见解对普通读者也很有帮助。

罗伯特·平斯基（Robert Pinsky),《诗歌的声音》(*The Sounds of Poetry*, Farrar, Straus and Giroux, 1998)。一本薄薄的小书，内容正如题目，而且文笔优美。平斯基作为诗人的身份可以支撑他的言说。

马克·斯特兰德与依婉·伯兰（Mark Strand and Eavan Boland),《诗的创作》(*The Making of a Poem*, Norton, 2000)。副标题为《诺顿诗歌形式文选》(*A Norton Anthology of Poetic Forms*)，假如你想知道重要的诗歌形式是如何运作的，就该读这本书。

伊沃·温特斯（Yvor Winters),《为理性辩护》(*In Defense of Reason*, Alan Swallow Press, 1947)。温特斯大概是世间最好的诗歌读者，只有从他那里，我才学到了次重音的概念（并非一切声音都是平等的)。他也是个爱争论的老冒失鬼，甚至在他还是年轻冒失鬼的时候，就已经将打笔仗提升到很高的艺术水准。仅为这一点，读他就很有趣味。你将从他那里受益良多，也会为自己读了他的书心生感激。

致谢

不依靠大量帮助，没人能写出一本谈诗歌的书。多年来，我有幸结识优秀的老师和同事，其中很多也是出色的诗人，他们深刻的见解与教导弥足珍贵。我尤其受益于曾任教于密歇根州立大学的已故的 R. K. 迈纳斯、琳达 · W. 瓦格纳、F. 理查德 · 托马斯和莉奥诺拉 · 史密斯，感谢他们自始至终具有的智慧。我在密歇根大学弗林特校区的同事和朋友斯蒂芬 · 伯恩斯坦、丹尼 · 伦德尔曼、司各特 · 罗素、简 · 福尔曼和弗雷德 · 斯沃博达，感谢他们在与我谈论诗歌问题时展现的绝妙想法和极大耐心。尤其感谢几届学生，他们的问题、想法和偶尔疑惑的表情让我年复一年尽职尽责。特别感谢梅根 · 赖利在本书早期调研阶段提供的帮助。和以往一样，没有布伦达为我铺平道路，应对各种打扰，好让我这样由着性子犯傻，我会一事无成。最后，我希望在此纪念我的第一位良师益友和同窗，吉斯 · 贝洛斯，他在达特茅斯帮我度过那两学期可怕的英语文学系列课程（这门课被受它折磨的学生取了个不可爱的题目，“从《贝奥武甫》到弗吉尼亚 · 伍尔夫”），当时我对诗歌几乎一无所知。他是位杰出的作家，讲故事的高手，严厉的编辑，不幸过早地离开了我们。没有他，我不可能写出这本书。

索引

图书在版编目（CIP）数据

如何读一首诗 /（美）托马斯·福斯特著；王爱燕译. -- 海口：南海出版公司，2022.8
ISBN 978-7-5735-0096-0

Ⅰ. ①如… Ⅱ. ①托… ②王… Ⅲ. ①诗歌欣赏－世界 Ⅳ. ① I106.2

中国版本图书馆 CIP 数据核字（2022）第 039634 号

著作权合同登记号 图字：30—2022—021
How to Read Poetry Like a Professor: A Quippy and Sonorous Guide to Verse
by Thomas C. Foster
Copyright © 2018 by Thomas C. Foster
Simplified Chinese language edition © 2022 by Thinkingdom Media Group Ltd.
This edition arranged through Andrew Nurnberg Associates International Limited.
All rights reserved.

如何读一首诗
〔美〕托马斯·福斯特 著
王爱燕 译

出　版　南海出版公司　（0898）66568511
　　　　海口市海秀中路 51 号星华大厦五楼　　邮编 570206
发　行　新经典发行有限公司
　　　　电话（010）68423599　　邮箱 editor@readinglife.com
经　销　新华书店

责任编辑　黄宁群
特邀编辑　殷秋娟子　贺露曦
装帧设计　李照祥
内文制作　张　典　贾一帆

印　刷　河北鹏润印刷有限公司
开　本　640 毫米 ×980 毫米　1/16
印　张　18.5
字　数　215 千
版　次　2022 年 8 月第 1 版
印　次　2022 年 8 月第 1 次印刷
书　号　ISBN 978-7-5735-0096-0
定　价　68.00 元

版权所有，侵权必究
如有印装质量问题，请发邮件至 zhiliang@readinglife.com